D1868273

NESTROY STICH- UND SCHLAGWORTE

WIENER THEMEN

J&V

NESTROY
STICH- UND SCHLAGWORTE

Zusammengestellt von Reinhard Urbach

Jugend und Volk Wien München

Abbildung auf dem Einband:
Nestroy als Herr von Lips in seiner Posse „Der Zerrissene"
Ausschnitt aus einem kolorierten Kupferstich, 1844
Die Bildvorlage stammt aus dem Historischen Museum der Stadt Wien

ISBN 3-7141-6094-9 Jugend und Volk Wien
ISBN 3-8113-6094-9 Jugend und Volk München
Einbandgestaltung: Haimo Lauth
© Copyright 1976 by Jugend und Volk Verlagsgesellschaft m. b. H., Wien-München
Alle Rechte vorbehalten. 3970-76/1/40
Druck: Vorwärts AG, 1050 Wien, und Novographic, 1238 Wien

INHALTSVERZEICHNIS

J Nestroy

Zu den Bildern:

Der Wiener Maler und Fotograf Hermann Klee (1820 bis 1894) nahm 1861 eine Reihe von Rollenbildern Johann Nestroys auf. Zwölf dieser Rollenbilder, vermehrt um ein Privatfoto, brachte er in Leporelloform als „Nestroy-Album“ heraus. Die Fotos steckten in Passepartouts und waren mit einem Zitat und der Rollenangabe versehen. Die Bilderserie (Original des Albums im Historischen Museum der Stadt Wien) wurde seither nicht wieder vollständig reproduziert.

175 JAHRE NESTROY

Wer will, dem schrumpft die dramatische österreichische Literatur des 19. Jahrhunderts zu Johann Nestroy zusammen. Keiner wird häufiger gespielt — nicht Raimund, nicht Grillparzer, nicht Anzengruber. Dies ist die Situation zum 175. Geburtstag: Nestroy wird aufgeführt, gelesen, erforscht, bearbeitet wie nie zuvor. Er hat die deutsche Sprachgrenze überschritten. Bücher über ihn sind in Amerika, in England, in Italien erschienen.

Warum das so ist? Das läßt sich leicht beantworten. Es liegt nicht an denen, die ihn spielen, lesen, bearbeiten, sondern an Nestroy. Nestroy war nicht nur zeitgemäß, er ist es. Seine Beobachtungen, Definitionen, Schlußfolgerungen stimmten damals wie heute. Er glaubte an das Schlechte im Menschen, und damit hat er recht behalten. Zwar ist nichts leichter, als einen solchen Glauben zur Schau zu tragen, doch läßt er sich besser behaupten als gut beschreiben. Nestroy konnte das, was er meinte, auch sagen. Weniger richtig als frech. Denn das Richtige war nur scheinbar korrekt, Nestroy stellte es auf den Kopf und ließ die Leute über den derangierten Zustand der Usancen lachen, die da auf dem Kopf standen und mit den langen Lügenbeinen aus den umgestülpten Konventionsunterkleidern ragten. Sie lachten schadenfroh, sie waren ja nicht getroffen, sie standen ja nicht kopf. Es waren ja Puppen, die dem lieben Nachbarn ähnlich sahen, über die sie lachten. Sie erschraken nicht über ihr Lachen, sie schauten in keinen Spiegel, ihre Nasen saßen doch gerade, sie verhielten sich doch richtig. Das Freche war amüsant, nicht explosiv.

Nestroy in seiner Zeit: das war ein Mißverständnis. Er wurde akzeptiert als Unterhalter, nicht als Satiriker. Nestroy wehrte sich und stach; aber so diskret, daß man erst fünfzig Jahre später merkte, wie weh es hätte tun sollen.

Karl Kraus machte aus Nestroy einen Satiriker, der er zwar bis heute geblieben ist, der er aber in dieser straffen Konsequenz gar nicht gewesen war. Verspielt war er gewesen, nicht stramm. Seine Angriffe auf das respektabel zahlende Publikum hatte er nicht nur vor dem Zensor versteckt, sondern auch vor jenem. Der Böse war so schwarz, daß sich alles Graue wie das Gute davor ausnahm. Als der fürchterlich intrigante Erbschleicher nach langer Mühe endlich doch entlarvt werden konnte, waren alle so froh, daß sie gar nicht merkten, daß der wahre, wiedereingesetzte Erbe auch Dreck am Stecken hatte, bis über die Ohren in Spielschulden steckte und sich nur dadurch der allgemeinen Gunst erfreute, daß er vorgab, zu wünschen, der Erblasser möge noch lange nicht verbleichen.

Der Fingerzeig ist deutlich, aber doch nicht mit einem Dolchstoß oder Holzhammerhieb zu vergleichen. Nestroys Früchtchen sind kandiert. Das verzuckerte Gift wirkte erst in späteren Generationen. Nestroy für unsere Zeit ist deshalb so zeitgemäß, weil er aus der Distanz überschaubar ist. Man merkt von weitem seine Schliche und kann die Komödie von damals als Satire für heute begreifen. Denn was damals neu war, ist heute immer noch ungewöhnlich: Nestroys Sprache hat keinen Staub angesetzt. Sie ist aus einem beständigeren Stoff gemacht als jede andere Äußerung des 19. Jahrhunderts. Man müßte zurückgehen zu Lichtenberg und Jean Paul, wollte man den erfindungsreichen Ausdruck der Verbindung von Phantasie und Philosophie in ähnlicher Weise finden.

Nestroy hat keinen Respekt vor der Sprache, weil er sie in aller Munde weiß. Was sollen ihm Beteuerungen, wenn sie jeder billig verwenden kann, um damit den gleichen materiellen Zweck zu erreichen? Nestroy findet neue Formulierungen, nicht weil er partout und aus Snobismus originell sein will, sondern weil er in der Sudelküche der Phrasenanalyse das Oberste zuunterst kehrt. Diese Technik der Umkehrung ist brauchbar geblieben und ließe sich heute genauso erfolgreich wie vor 140 Jahren anwenden. Wenn nur einer käme und es täte. Bis dahin muß man sich mit Nestroy behelfen und die Reminiszenz an vergangene und genützte Möglichkeiten als Hoffnung auf künftige Wiederholungen nähren.

Nestroys Effekt war nicht moralisch, vielmehr zynisch. Er schrieb für sich weniger die Rollen der Moralisierer als die der Tunichtgute, Tausendsassas, Bösewichte. Und da er die Rollen für sich schrieb und da er für sich die Hauptrollen schrieb, machte er das Teuflische brillant. Wo sonst kann man so viele schlechte Menschen so gescheit reden hören? Nicht einmal bei Shakespeare. Der gute Mensch ist ein fader Mensch. Selbst seine besten Kerle wie den Peter Span („Der Unbedeutende") stattet Nestroy mit Mißtrauen und Rachsucht aus, nicht, weil er so ein guter Psychologe gewesen wäre, der die vielen Seelen in der Brust des Menschen hätten ahnen können, sondern weil ihm die Fehler aller seiner Helden die beste Gelegenheit gaben, eben diese anzuprangern. Auf diese Art lehrt Nestroy den Zynismus des Kompliments, das Vehikel des sozialen Aufstiegs auf Kosten der Kommunikation. Der, der die Komplimente macht — und wer machte sie nicht? —, verzichtet willentlich auf die Sprache als Medium der Wahrhaftigkeit.

Auf diese Art lehrt Nestroy den Sarkasmus der Definition. Man kann alles sagen, denn es wird nichts geglaubt. Die Schärfe des Ausdrucks entspricht der Unverbindlichkeit der Konvention, nichts Gesagtes ernst zu nehmen.

Dadurch ist es unmöglich geworden, Emotionen auszudrücken, eine Beziehung herzustellen, deren Echtheit sich durch Sprache bekräftigen ließe.

Das einzig Echte, Wertbeständige, Gediegene, das einzige, für das jeder Einsatz sich lohnt in diesem Kosmos der Aperçus, Bonmots, Metaphernscharaden, ist das Geld.

Nestroy ist also für sein Publikum von heute noch radikaler

geworden, als er es für seine Zeitgenossen war. Denn damals bestand das Geld noch als Wert. Es konnte soziale Probleme lösen, an der jede andere karitative Bemühung gescheitert wäre. Heute ist auch diese Karitas zur Karikatur geworden. Wenn der Inflation der Worte die der Münzen und Scheine folgt, was bleibt dann noch an versöhnlicher Komödienstimmung?

Nestroy ist deshalb so zeitgemäß, weil sein Pessimismus gegenüber seiner Zukunft unsere Gegenwart bestätigt. Und weil Nestroy seinem Pessimismus so überlegen war, daß er ihn durch den Ausdruck, den er ihm für uns mitgab, aufhob.

Hier sind nun Zitate aus Nestroys Stücken isoliert worden und mundgerecht in kleinen Häppchen zubereitet. Doch ist dem, der sie über die Lippen bringt, damit noch nicht geholfen. Es ist dies keine Sammlung von Nestroy-Aphorismen für alle Lebenslagen, kein Schatzkästlein des österreichischen Hausfreundes, das man nach Belieben plündern könnte, ohne Gefahr zu laufen, sich zu blamieren. Es ist nicht Nestroys Meinung, sondern die seiner Figuren, die hier gesammelt wurde. Sie stehen nicht auf dem Piedestal, um verehrt zu werden. Sie sollen höchstens anregen, auch vielleicht einmal selber etwas zu sagen, was ein bißchen anders klingt als das, was hier steht, und das Gegenteil von dem, was hier eine Nestroy-Figur formuliert hat, ebensowenig genau zu nehmen wie diese.

Der Herausgeber hätte ein schlechtes Gewissen, Stücke von Stücken hier zusammengewürfelt zu haben, wenn es nicht so vergnüglich ungemütlich gewesen wäre, so zu tun.

Stichworte haben etwas Gewaltsames. Das Schlagwörterbuch ist ein Prokrustesbett. Der Benutzer kann zusätzlich strecken, dehnen, kürzen, wie er mag. Natürlich läßt sich Nestroy nicht auf einen Begriff festnageln, doch mag es Spaß machen, etwas über das Schlagwort „Heirat“ zu finden, wenn man unter dem Stichwort „Haß“ nachschlägt.

A

ABONNENT

Abonnenten sind nicht so leicht zu vertreiben. Es is zum Staunen, was ein guter Abonnent vertragt.

ADRESSE

Was das für ein trostloser Zustand is, ein Liebhaber ohne Adress' — ein junger Spatz, der aus'n Nest fallt, ein Hecht, den s' in ein'n Körbl tragen, ein Pinsch, der ohne Halsband umlauft, das alles is noch Gold gegen einen Liebhaber ohne Adress'!

AGGRESSION

In meinem Kopf ist ein Fleckel, wohin das Wort Vernunft noch nie gedrungen ist, auf diesem Fleckel ist ein Radel, und wenn das einmal laufend wird —

AGGRESSIVITÄT

—.—: Er hat zwei arge Fehler. Er liebt den Streit und den Trunk.

—.—: Das is nur *ein* Fehler, denn ich streit' nur, wenn ich getrunken hab'.

ALCHIMIE

Was haben diese Leut', die Alchimisten, alles über Goldmacherkunst studiert! Ich weiß ein prächtiges Rezept. Man nehme Keckheit, Devotion, Impertinenz, Pfiffigkeit, Egoismus, fünf lange Finger, zwei große Säck' und ein kleines Gewissen, wickle das alles in eine Livree, so gibt das in zehn Jahren einen ganzen Haufen Dukaten.

Alkohol

Ja, der Champagner! Und die Weine überhaupt — wenn das Zeugs nur keine Gottesgabe wär', daß man's recht von Grund des Herzens verabscheuen könnt'!

Alkoholismus

Ich bin auch verliebt, aber nicht in das schöne Geschlecht, sondern in das Flaschengeschlecht. Dabei lebt man ruhig und vergnügt. Ich umarm' eine um die andere und 's gibt keinen Zank, keine Eifersucht; höchstens die letzte wird manchmal grob und wirft mich um die Erde.

—

Wann ich mir meinen Verdruß nit versaufet, ich müßt' mich grad aus Verzweiflung dem Trunk ergeben.

—

Der Trunk ist ein Laster; darüber kann ich reden, denn ich trinke schon seit Jahren.

Alter

Ja, es is halt nicht alles ehrwürdig, was grau is; es liegt eine offenbare Eselei in dieser Behauptung.

—

Lernen Sie mir die alten Herren kennen. Ich bin zwar nur ein alter Diener — aber die Gefühle bleiben sich gleich und werden im Alter noch heftiger, weil sie keine rechte Erwiderung finden! Das is grad als wie einer, der einen Hering ißt und nix z' trinken kriegt.

Altern

Ja, ja, lang leben will halt alles, aber alt werden will kein Mensch.

—

Der Prozeß des weiblichen Altwerdens hat eine durch das Formelle der sozialen Position bedingte, von dem faktischen Jahresquantum abstrahierende Distinktion.

Altersweisheit

Ich bin ein würdiger Greis und wanke dem Grabe zu, den möcht' ich seh'n, der mich aufhalt't.

—

Ich verfall' aber schon wieder in den Verzweiflungston; macht nichts, es ist eine ganz gutartige, amüsante Desperation, in der ich Tollheit auf Übereilung, Wahnsinn auf Torheit häufe und mir auf diese Art ein angenehmes Alter bereite, denn das ist ja das Vergnügen der alten Tage, daß man alles besser einsieht, daß man sich einbild't, g'scheiter zu sein, und daß man sich mit dem Gedanken foppt: wenn ich noch einmal jung werd', jetzt tät' ich anders handeln. — Dieses Vergnügens beraubte man sich offenbar, wenn man in der Jugend schon gescheit und vernünftig wär' — also bleiben wir bei dieser zu interessanten Torheiten hinreißenden Verzweiflung, weil's wirklich gar keine so üble Verzweiflung ist.

Ambivalenz

Freundlichkeit und Freundlichkeit is zweierlei. Leichtes Liesinger und schwerer Doppelbock, jedes is ein Bier.

Amerika

Amerika soll sehr schöne Platzeln für Liebende haben, aber dort reut's ein', denn in der Stille der Urwälder kommt man zu leicht zur Vernunft; in dieser Hinsicht is das Getümmel der Residenz verliebten Geniestreichen viel mehr zu empfehlen.

—

—.—: Muß sehr eine gute Fräul'n sein! Von welcher Farbe?

—.—: Was?

—.—: Ach ja, ich vergess', daß ich nicht mehr in Amerika bin, dort is das immer die erste Frag', ob eine Fräul'n ins Kreolische, Mulattische oder ins Mestizische spielt.

—

Du gehst in ein Land, wo's Sklaven gibt, und wo an Dienern Überfluß, da ist an Freunden Mangel.

Amerika
Da haben wir die Folgen der Sklaverei! Werden es denn die Engländer nie dahin bringen, daß man die Mohren unter die Weißen zählt?

Amsterdam
—.—: Amsterdam ist die großartigste Wasserstadt. Die Gassen besteh'n aus Wasser; dort geht niemand, im Sommer schwimmt die ganze Bevölkerung, im Winter schleift alles.
—.—: Schöne Stadt, wo nichts Ungeschliffenes ist!

Anatomie
Die Anatomen schon lehren uns, daß das kleine menschliche Herz zwei verschiedene Kammern hat, und wir sehn ja an den größten Ländern, was durch die Verschiedenheit der Kammern für Konfusionen entstehen; ferners zeigen uns die Anatomen, daß das Herz Ohren hat, und zwar verhältnismäßig sehr große Ohren, dadurch allein schon ist jede Eselei, wo das Herz im Spiel is, zur Vergebung qualifiziert.

Anonymität
Anonymität ist die Briefmarke der Lüge.

Anpassung
Sie gehört unter die Efeu-Seelen, die sich an etwas anranken müssen, und in dieser Anrankungssucht schau'n sie jedes hohlaufgeschossene Rohrgewächs für eine Zeder an.

Anspielung
—.—: Is Ihnen nicht gefällig, Platz zu nehmen?
—.—: Is das eine Hindeutung, daß Er mich sitzenlassen will?

Anthropologie
Der Mensch ist allerdings ein Säugetier, denn er saugt sehr

viel Flüssigkeiten in sich, das Männchen Bier und Wein, das Weibchen Kaffee. Der Mensch ist aber auch ein Fisch, denn er tut Unglaubliches mit kaltem Blut, und hat auch Schuppen, die ihm zwar plötzlich, aber doch — g'wöhnlich zu spät — von den Augen fallen. Der Mensch ist ferner auch ein Wurm, denn er krümmt sich häufig im Staube und kommt auf diese Art vorwärts. Der Mensch ist nicht minder ein Amphibium, welches auf dem Land und im Wasser lebt, denn mancher, der schon recht im Wasser is, zieht noch ganz nobel aufs Land hinaus. Der Mensch ist endlich auch ein Federvieh, denn gar mancher zeigt, wie er a Feder in die Hand nimmt, daß er ein Viech ist.

—

Es is jetzt ein schwer's Brot, ein Frauenzimmer zu sein; wir Männer haben zu viel Stolz in uns. Das hab'n wir noch vom Tierreich beibehalten, da zeigt auch das stärkere Geschlecht, daß es die Oberhand, sprich ich, die Oberpfoten hat; Hand darf man da nicht sagen; und ich find', es is Überfluß, daß wir von die Tier' was nachmachen, wir sollen 's lieber verheimlichen, daß wir zu die Säugetier gehören; wir haben ohnedem so wenig Unterscheidungszeichen; na, ja, was denn? Die Vernunft? Die is nicht allgemein genug, und wie viele gibt's, die mit a bissel ein' g'scheiten Pintsch sich gar nicht messen dürfen. Die Sprach' soll uns auch auszeichnen vor die Tier', und mancher zeigt grad' durch das, wann er red't, was er für a Viech is. Die Gesichtsbildung, von der will ich schon gar nix sag'n; denn seit der Colliergrecquemod' is es erst recht verraten wor'n, daß unsere Voreltern in die Kokos- und Kaktuswälder von ein' Baum zum andern g'hupft sein. Ich find' nur ein Hauptmerkmal der Menschheit, und das is der Wadl. In der ganzen Naturgeschichte gibt es kein Vieh, was ein' Wadl hat; und wie is dieser Artikel gegenwärtig, namentlich bei unserm Geschlecht, herabgekommen. Drum sag' ich: ehret die Frauen! Denn da spricht sich noch die Menschheit in großartigen Formen aus.

Antichambrieren
Ich bin doch Zimmermann, aber in die Vorzimmer kann ich mich nicht finden. Ein Vorzimmermann is halt eine ganz eigene Profession. Viele erheben s' zur Kunst, mancher bringt's bis zur Virtuosität darin, 's is schwer z' lernen.

Antiquariat
Totengräbergeschäft der Literatur.

Antithese
Es gibt keinen mit einem zu kurzen Fuß, der nicht auch einen längeren Fuß darneben hat — 's gibt keinen Einseitigen, der nicht auch eine andere Seiten hat, die den Gegensatz zur ersten Seite bildet, so daß grad der Einseitige der Vielseitige oder wenigstens der Zweiseitige is. Das is echt philosophisch — und so behaupt' ich, muß oder kann wenigstens der auf einer Seite moralisch Gesunkene auf der anderen Seiten seine moralischen Erhabenheiten hab'n.

Anziehungskraft
Extreme berühren sich — menschlich — denn der Mensch besteht ja aus der Berührung der grellsten Extreme Körper und Geist.

Apotheke
Daß die Erden im Weltenraum sehr eine ungesunde Lage haben muß, weil's mehr Patienten als G'sunde drauf gibt, und daß aus diesem Grund die Welt selbst eine so großartige Apotheken hat, gegen deren Medikamentenmasse alles, was die Phantasie der Pharmazeuten ersonnen hat, als unbedeutend in den Hintergrund tritt! — So hat mein Göd g'sagt.
In der Weltapotheken is ein Hauptartikel der Tee; auf wie viele Arten als man da den Tee kriegen kann, das is enorm, am häufigsten is der Kramperltee, welcher in Eh'standsform verabfolgt wird, wo bekanntlich das Bittere und die Kramperl

vorherrschend sind. Dann kommen die Salben. Was in schwierigen Fällen durch 's Schmieren ausgerichtet wird, is weltbekannt. — Dann hat die Weltapotheke sehr viel Geblütreinigendes fürs böse Blut — nur schad', ein Spezifikum, welches die Entstehung des bösen Blutes verhindert, da hat sie keins. — Von Pillen gibt sie uns eine Unzahl zu verschlucken, häufig werden sie überzuckert, was aber die Bitterkeit eher erhöht als vermindert. — Pflaster hat die Welt gar viele, sie heißen: Rang, Titel, Auszeichnung, vor allem aber wird das sogenannte Goldpflaster bei Gemütsverletzungen mit großem Erfolg appliziert; auch aufs Maul gepappt is dieses Goldpflaster von wunderbarer Wirkung. Das geht aber nur bei einzelnen Individuen; wenn eine Menschenmasse an Wunden leidet, da is es schwer durch Pflaster zu heilen, denn die Menschheit ist ein widerspenstiger Patient, reißt gern 's Pflaster auf. Schweißtreibende Mittel gibt es zweierlei, ein ordinäres für die gemeinen Leut', nämlich Müh' und Plag', und ein Sublimat für die höheren Stände, nämlich Angst und Verlegenheit, das treibt auch bedeutende Schweißtropfen auf die Stirn'. Trotz dieser allgemeinen Transpiration is aber in der Welt das Reißen nicht auszurotten, weil zu gern einer den andern reißt. — — Auch auflösende Mittel hat man a Menge, mit denen s' Verträge auflösen, Schwüre, Klubs, Kammern, alles lösen s' auf — hingegen von zusammenziehenden Mitteln, die eine Partei der andern näher brächte, zu Brüderlichkeit und Einigkeit, da is die Weltapotheken arm. —

APOTHEKER
Da kommt er — fang's gleich an dein Kur, zeig daß du Apothekerblut in den Adern hast.

Appetit
Menschheit, du sollst mich nicht verlieren. Appetit is das zarte Band, welches mich mit dir verkettet, welches mich alle Tag' drei-, viermal mahnt, daß ich mich der Gesellschaft nicht entreißen darf.

Äquivalenz
Viele Vertraute sind gerade soviel wert als ein Verräter.

Arbeit
D' Arbeit ist kein Has', die lauft nicht davon.

Arbeitsmarkt
Ehmals wohl, da haben graue Haare gegolten, jetzt sind sie für den Dienstsuchenden nur die Garantie einer abschlägigen Antwort: „Was kann der alte Mann mir leisten, zu was lad' ich mir einen Pensionisten auf den Hals?" — so kalkuliert unser merkantilischer Zeitgeist. Das Alter hat nichts als Erfahrung, und die zählt nichts bei einer Generation, die nur Erfindung will. Neues!

Aristokratie
Hätt' sich der Adam im Paradies einen Adelsbrief kauft, wären wir jetzt alle gnädige Herrn.

Armut
Über die Armut braucht man sich nicht zu schämen, da gibt's viel mehr Leut', die sich über ihren Reichtum schamen sollten.

Arznei
Es ist ein ungleicher, lächerlicher Kampf, Apothekerwaffen gegen das eiserne Fatum; mit Pillerln schießen auf ein Bomben schleuderndes Schicksal!

Arznei
Manchsmal macht's doch ein' Unterschied, ob man das einnimmt oder das.

Arzt
Wenn's nur keine Patienten gäbet, ich wär' nochmal so gern Doktor.

—

Um die Menschen lieben zu können, darf man kein Arzt werden, denn Undank erzeugt Haß, und niemand macht eine reichere Undanksernte als der Arzt. Heilt er einen Patienten, so schiebt's der Freigeist auf seine starke Natur, der Religiöse auf den Beistand des Himmels, stirbt ihm aber ein Patient, dann geben alle Parteien immer nur dem Doktor die Schuld.

Ästhetik
—.—: Ich habe für nichts Sinn als für die Schönheit der Gegend.
—.—: Larifari! Der gedeckte Tisch, das is die schönste Gegend.

—

—.—: Du sollst keinen so ordinären Geschmack haben, ein Mensch wie du soll sich ein Ideal —
—.—: Das wissen wir alles! Hab' mir schon lang eines gebildet in meiner Phantasie, aber die ung'schickte Wirklichkeit kann mir's nicht liefern. Ich betrachte die Natur als meine verarmte Schuldnerin, sie ist mir eine vollendete Schönheit schuldig, da laßt sie mich z'lang warten drauf, so pfänd' ich halt die einzelnen Reize, wo ich s' find', und diese Ratenbehebung macht am End' doch eine Kapitalschönheit aus.

Astrologie
Eigentlich gibt's jetzt keine Sterne mehr, sie geben sich wenigstens nicht mehr ab mit uns. Wie die Welt noch im Finstern war, war der Himmel so hell, und seit die Welt so im Klaren

is, hat sich der Himmel verfinstert. Die Stern', die sich anno Aberglauben um unser Schicksal so hinabgezappelt haben, sind anno Aufklärung in dieser Qualität erloschen. Wir sind jetzt weit mehr auf die Welt reduziert, an etwas Irdisches muß man sich jetzt anklammern. Das Wohlwollen in irgendeiner Menschenbrust muß uns zum guten Stern werden, und wenn dieser Stern sich glücklicherweise mit einem andern Stern vereint, der auf dem Frackhorizont des Wohlwollenden strahlt, dann ist es eine Konstellation, die Glück verbürgt, aber nicht, wenn der Saturnus, Uranus und Kakranus auf- und untergeht.

ASTRONAUTIK
Gibt's kan Eisenbahn,
Gibt's kan Luftballon,
Der mi aussitraget aus der Welt?

ASTRONOMIE
—.—: Der Mond ist von Geschöpfen bewohnt.
—.—: Wir vermuten es, aber wir wissen es nicht.
—.—: Ich weiß es, denn im Mond werden auch Häuser gebaut. Die Meteorsteine nämlich sind nichts anders als Lunar-Ziegeln, welche uns unvorsichtige Mond-Maurer auf d'Nasen fallen lassen. Ferners wissen wir auch, daß die Mondgeschöpfe viel größer sind als die bei uns. Zum Beispiel, ein Mondkalb is schon ein enormes Viech, während ein irdisches Kalb nur von mittlerer Größe ist.

ATHLET
Etwas Starkes hat jeder Mensch, der hat einen starken Durst, der hat einen starken Schlaf, der hat eine starke Fiduz, der hat einen starken Schnupfen, aber durchaus stark bin nur ich, denn meine Stärke besteht rein in der Stärke.

AUFREGUNG
Das is Aufregung, so ein Moment reißt ei'm die Schlafhauben

vom Kopf, das is Senf für das alltägliche Rindfleisch des Lebens.

Augenschein

Wie respektabel die Leut' sind, das soll man nie auf'n ersten Blick beurteil'n, weil man sich beim zweiten nur zu oft vom Gegenteil überzeugt.

Ausgleich

Was nach der Sage dem Schneider das Bügeleisen im Sack, das is dem Glücklichen ein kleines Stück Kummer im Herzen, sonst gingen trotz dem Gesetz der allgemeinen Schwere beide in die Luft.

Australien

Das is der glückliche Weltteil, wo s' z'wenig Weiber hab'n, drum schickt ihnen unser boshafter Kontinent alle sechs Wochen einen Dampfer mit fünfhundert feurigen Jungfrau'n hin!

B

Bäcker

Ich hätt' sollen ein Bäck werden, aber so ein schlaftrunkenes Mehlgespenst hat immer etwas Mitleiderregendes und Unheimliches für mich gehabt; denn wenn ein Bäck auch keinen Geist hat, so hat er doch viel von einem Geist: er is weiß, geht um bei der Nacht und sehnt sich nach Ruhe, die ihm nimmer wird — das sind offenbar die Hauptteigenschaften von einem Geist.

Ball

Daß es Leut' gibt, die auf ein' Ball gehn, das find' ich begreiflich; aber daß es Leut' gibt, die einen Ball geben, das ist das, was mir ewig ein Rätsel bleibt.

Bart

Wenn ein Mann nebstbei ein bisserl ein' Bart hat, so steht das männlich schön; wenn aber ein Bart nur nebstbei a bisserl ein' Mann hat, so steht das g'spassig.

Begierde

Im Mittelalter wurde so was mit dem Tode bestraft, und nur die Justiz der Neuzeit übt so unzeitige Humanität in diesem Punkt, wahrscheinlich um den Scharfrichtern die übermäßige Strapaz zu ersparen.

Bekanntschaft

Sie haben sich so befremdet ang'schaut, sie sind g'wiß miteinander bekannt.

Beleuchtung

Ich find', jede Beleuchtung is unangenehm. Wenn man jemanden haßt, is man froh, wenn man ihn nicht sieht — wozu die Beleuchtung? — Wenn man jemanden liebt, is man froh, wenn einem d' andern Leut' nicht sehn — wozu die Beleuchtung? — Die übrige gleichgültige Welt nimmt sich im Halbdunkel noch am erträglichsten aus; wozu also die Beleuchtung?

—

Eine Eigenschaft, die viele Lichter haben, daß sie nicht jedes Dunkel aufzuhellen imstande sind.

—

Das ist das beste, wenn bei Beleuchtung sie einander aufgeführt werden, denn bei die Lichter, da gewinnt jede weibliche Schönheit, denn bei Tag ist sie schiech wie die Nacht.

Beruf

Der Mensch hat einen Ruf, den man mit dem zweiten Buchstaben des ABC bezeichnet, das ist nämlich der Beruf, und über den kann nicht ein anderer Mensch aburteilen.

Bescheinigung

Die Menschen haben schon den Unsinn, daß sie das für *Wahrheit* halten, worüber sie ein'n *Schein* in den Händen haben.

Beschimpfung

—.—: Mensch!

—.—: Hätten Sie mir einen anderen Namen gegeben, so hätt' ich g'sagt: „Selber einer!", aber so —

Biedermeier

Ein G'spaß soll niemals witzig sein, sondern so gewiß sentimental gutmütig, daß man mit'n halbeten G'sicht lachen und mit der andern Hälfte weinen kann. Wir sind biedersinnige, gemütliche Menschen, wir wollen überall Rührung, was fürs Herz.

Bildung

Mich haben s' bilden wollen! — Lächerlich! Natürlich als Bub', als so großer hätt' ich so einen Eingriff in meine Rechte auf Naturzustand gar nicht geduldet. Es ist ihnen nicht gelungen, meinen Bilderern, ich hab' die Wissenschaften zurückgewiesen, und diese verschmähten Geistestöchter stehn blamiert da vor mir, denn ich bin ein Beweis, wie viel der Mensch oft weiß, ohne daß er von Wissenschaften was weiß. Ich weiß zum Beispiel, daß Verdienste eine Sache sind, durch die sich der Mensch viele Verdienste erwirbt; ich weiß aber auch, daß das Verdienst nicht immer belohnt wird; jetzt könnt' ich grad' der sein, bei dem's nicht belohnt wurd, wie kann man sich so einer Kränkung aussetzen? Ich weiß, daß man sich auf Verdienste nicht einlassen soll. Ich weiß, daß das Geld von den Weisen eine vergängliche Sache schimpfiert wird; ich weiß aber auch, daß es sehr dumm is, wenn so ein vergängliches Wesen wie der Mensch irgendeinem Gegenstand die Vergänglichkeit zum Vorwurf macht. Und haben denn die Gelehrtesten schon was Unvergängliches gemacht? Wenn ihre schweinsledernen Geistesmumien, Bücher genannt, a paar Säkulum dem Bibliothekstaub getrotzt haben, dann geht der Geist auch den Weg des Fleisches, eine elende Schabenfamilie frißt in a paar Monat' einen Folianten voll Unsterblichkeit, ohne besondere Magenbeschwerden zu verspür'n. — Ich weiß, daß der Mensch was werden soll in der Welt; ich weiß aber auch, daß das eine Sottis' auf die Menschenwürde is, denn es spricht deutlich aus, daß der Mensch viel zu wenig is, wenn er nix is als ein Mensch. — Ich weiß, daß Erziehung eine höchst wichtige Sache is. Adam und Eva hätten wahrscheinlich den Verdruß mit die jungen Herrn Kain und Abel nicht erlebt, wenn s' den Buben einen Hofmeister g'halten hätten, aber natürlich, von Eltern, die, wie bekannt, nicht einmal was anz'legen haben g'habt, kann man solche Depensen nicht begehr'n; ich weiß aber auch, daß bei viele junge Leut', wo die Eltern alles angewend't haben auf die Ausbildung des Kopfes, dennoch am ganzen Kopf nichts eine hohe Entwicklung erreicht haben als die Ohren. — Ich weiß, daß die Hoffnung grün is, weil sie dem Menschen grüne Zweige vorspiegeln muß, auf die er nie kommt. — Ich weiß, daß die Nacht schwarz is, weil's in der Trauer geht um ihren Papa, um den gestrigen Tag, den sie eben begraben. Ich weiß, daß der Esel grau is, weil er das personifizierte Motto vorstellt: „Alter schützt vor Torheit nicht!“ Mit einem Wort: es is a Schand und a Spott, was ich alles weiß, und das ohne Studium! 's wär' wirklich a Sünd', wenn ich was g'lernt hätt', das heißt doch rein darauf ausgehn, den Nebenmenschen zu verdunkeln.

—

Meine Geliebte is ein dummes Mädl — vielleicht is sie bloß aus diesem Grund meine Geliebte; wenn's g'scheit wär', schauet sie sich um was G'scheiters um, und drum find' ich es sehr g'scheit von ihr, daß sie ein dummes Mädl is. Bei ihr is die Dummheit eine Gabe der Natur, es liegt nix Gezwungenes, nix Einstudiertes drin, drum is es eine liebe Dummheit, und aus demselben Grund hat auch ihre Dummheit kein Geld gekost't, während auf andre Mädln Summen spendiert werd'n, damit man's nur recht sieht, was s' für dumme Mädln sind; sie spielen dumm Klavier, sie reden dumm Französisch, sie zeichnen, sie tanzen dumm, kurzum, alles Mögliche, was man von einem gebildeten Mädl nur Dummes verlangen kann. — Und in noch mancher andern Hinsicht is der Mangel an Bildung recht gut, denn es gibt erstens nix Romantischeres als eine ungebildete Geliebte. Wenn der Urwald der Unwissenheit noch durch keine Axt der Kultur gelichtet, die Prärie der Geistesflachheit noch durch keine Ansiedlung von Wissenschaft unterbrochen ist, wenn auf den starren Felsen der Albernheit die Gedanken wie Steinböck' herumhupfen und das Ganze von keiner augenblendenden Aufklärungssonne bestrahlt, sondern nur von dem Mondlicht der Liebe ein wenig bemagischt wird — das wird doch, hoff' ich, unbändig romantisch sein! Es kann auch nichts Interessanteres als eine ungebildete Geliebte geben. Bei einer gebildeten weiß man in kurzer Zeit akkurat, wie viel sie gelernt hat, nacher wird s' ei'm fad; bei einer ungebildeten hingegen kann man gar nie wissen, was sie vielleicht noch all's lernen kann; da is der Phantasie ein marchfeldweiter Spielraum gegönnt! — Es gibt physisch Taubstumme, das sind auf jeden Fall Unglückliche; es gibt aber auch geistig Taubstumme, das sind nämlich diejenigen, die nicht lesen und nicht schreiben können — und das Malör is namentlich für Mädln nicht gar so groß. Eine, die nicht lesen kann, wird nie durch Bücher verdorben; sie kann deßtwegen noch immer verdorben wer'n genug, aber alle diese „Geheimnisse von Paris", diese „Monte Christo" und „Ewigen Juden" und „Maison rouge" sind Gebilde, die spurlos an ihr vorübergehn — ein bedeutender Profit! — Nicht minder sind die Vorteile des „Nichtschreibenkönnens". — A solche hat schon das voraus, daß sie sich nie durch orthographische Fehler blamiert, und die Männer machen schon einmal so ein Aufhebens, wenn eine ein' falschen Buchstaben schreibt, schreiben aber selber oft vier Seiten lange Brief', wo jed's Wort eine Falschheit is. — Und ein gewisses Lesen und Schreiben können ja doch alle. Die keinen Buchstaben kennt, kann dennoch dem Mann prächtig die Leviten lesen, und die auch keinen Haarstrich machen kann, schreibt dennoch dem Mann Vorschriften vor, die er aufs Haar befolgen soll.

Blasiertheit

—.—: Geh auf Reisen!

—.—: Um zu sehn, daß es überall so fad is als hier?

—.—: Nein, er meint Naturgenuß, Alpen, Vulkane, Katarakte —

—.—: Sag' mir ein Land, wo ich was Neues seh'; wo der Wasserfall einen andern Brauser, der Waldbach einen andern Murmler, die Wiesenquelle einen andern Schlängler hat, als ich schon hundertmal g'sehn und gehört hab' — führ' mich auf einen Gletscher mit schwarzem Schnee und glühende Eiszapfen — segeln wir in einen Weltteil, wo das Waldesgrün lilafarb, wo die Morgenröte paperlgrün is! — Laßt's mich aus, die Natur kränkelt auch an einer unerträglichen Stereotypigkeit.

Botanik

Ich habe Menschenkenntnis, folglich auch Pflanzenkenntnis. Wer Menschen kennt, der kennt auch die Vegetabilien, weil nur sehr wenig Menschen leben — und viele, unzählige aber nur vegetieren. Wer in der Fruh aufsteht, in die Kanzlei geht, nacher essen geht, nacher präferanzeln geht und nacher schlafen geht, der vegetiert; wer in der Fruh ins G'wölb' geht und nacher auf die Maut geht und nacher essen geht und nacher wieder ins G'wölb' geht, der vegetiert; wer in der Fruh aufsteht, nacher a Roll' durchgeht, nacher in die Prob' geht, nacher essen geht, nacher ins Kaffeehaus geht, nacher Komödie spielen geht, und wenn das alle Tag' so fortgeht, der vegetiert. Zum Leben gehört sich, billig berechnet, eine Million, und das is nicht genug; auch ein geistiger Aufschwung g'hört dazu, und das find't man höchst selten beisammen; wenigstens, was ich von die Millionär' weiß, so führen fast alle aus millionärrischer Gewinnvermehrungspassion ein so fades, trockenes Geschäftsleben, was kaum den blühenden Namen „Vegetation" verdient.

Boutique
Eine schöne Handlung, die durch Wechsel floriert, während so manche andre Handlung durch Wechsel falliert.

Brot
Brot is keine Kleinigkeit; der edlere Mensch versteht darunter auch Kälbernes, Gans'ln, Millirahmstrudl — das alles nennt der Gebildete „Brot", und selbst das Trinken gehört zum Brot, weil es ei'm sonst in Magen druckt.

Buchdruck
Wenn von Druck die Rede ist, denkt jeder gleich an Bücherdruck, als wenn sonst nichts gedruckt würde auf der Welt. Und es gibt doch so viel Druck, der weit älter ist, der Druck der Sklaverei, der Druck der Not und des Elends. Diese Drucke existieren schon um so viel länger als der Bücherdruck.

—

Schwarz auf weiß muß alles sein, wann's geglaubt werden soll,
„Schwarz auf weiß" nimmt man an als der Wahrheit Symbol.
Im Druck wird jed's Blatt schwarz auf weiß abgezog'n,
Und doch is vom Druckt'n über d'Hälfte erlog'n.
's Schönste am Buchdruck is, daß nur 's Papier wird gedruckt,
Und 's Papier verdient Druck, denn 's is Lumpenprodukt,
Drum freigeb'n d'Hadernausfuhr, das find' ich sehr klug,
Lumpen kann man entbehr'n, Hader bleibt uns noch g'nug,
's is nur *ein* Druck, der d'Menschheit wahrhaftig beglückt,
Der Druck, wann si a Lieb'spaar ans Herz druckt, entzückt;
Schad' nur, daß so viel Druckfehler g'macht werd'n dabei.

Mit dem „d'Unrechte ans Herz druck'n" is ewig d'Kei'rei.
Das wär' so a Stoff jetzt, allein ich verschluck's;
's kennt ja so jeder Mensch die Geschicht' dieses Drucks.

C

CHARAKTER

Ich hab' feste Grundsätz', fest bleib' ich dabei,
Nur wenn ich ein Geld seh', da änder' ich s' glei'.

—

Mir war der verlorene Sohn immer verächtlich, aber nicht deswegen, weil er ein Schweinehirt war, sondern weil er wieder nach Haus gekommen ist.

CHOLERIKER

So a Gall' hab' i g'habt — und mir ist die Gall' nur g'sund, wann ich s' auslass'!

D

DAMPFPLAUDEREI

In der Bildergall'rie erhebt einer sein' Stimm',
Als wenn der Michl Angelo g'lernt hätt' von ihm:
„Höchst gelungen, dies Genrebild! Sehn Sie, hier tritt
Das Helldunkel vor aus dem Schwarzkolorit!
Die Fleischtöne dieses Apollo verbinden
Konturen und Schlagschatten mit Mezzo-Tinten,
Doch die Colonnade ist schlecht, völlig schief,
Und die Schäf'rin dort hat gar kein' Perspektiv!"

Ja, da kann man nur sag'n: 's hat kein' Hand und kein' Fuß!
's is a g'schwollner Diskurs, 's a g'schwollner Diskurs!

Dauer

—.—: Gehn S', Sie sind ein Schwärmer, Sie haben ja völlig mit der Person sterben wollen.

—.—: Sterben is kein' Kunst, das is in ein' Augenblick vorbei, aber ich hab' jahr'lang mit ihr leben wollen, das is ein anderes Numero!

Denken

Ich denke selten, nur wenn man mich bei die Haar' dazu zieht; wenn ich aber anfang' zu denken, nachher denk' ich mir, was ich will.

Desillusionierung

Mein Zukunftstraum is ins Wasser g'fallen, und selbst die anständigsten Ertrinkenden erlauben sich so Strohhalmanklammerungsversuche, die aber gleich wieder der solidesten Kirchhofruhe weichen.

Desperation

Auf Ehre, ich bin so verzweifelt, mit mir erleben wir noch was.

Determination

„Ort der Bestimmung" — es gibt keinen unbestimmteren Ort, weil uns an jeden Ort nur die Bestimmung führt.

—

—.—: Mancher Mensch is schon zum Nixtun bestimmt.

—.—: Und mancher Mensch zum Nixhaben, das is viel eine wildere Bestimmung.

Dichter

Auf jeden Schmarren ein Lobgedicht machen, das muß jeder Dichter können, sonst is er g'fror'n.

Dichter

Wenn ich nur die Dichter, die die Wiesen einen Blumenteppich, die den Rasen rasender Weise ein schwellendes grünes Sammetkissen nennen, — wenn ich nur die a drei Stund' lang barfuß herumjagen könnt' in der so vielfältig und zugleich so einfältig angeverselten Landnatur — ich gebet was drum.

—

Ich habe alles selbst gedichtet, und mir kommen immer zweierlei Freudentränen in die Augen, so oft ich meine Verse von meiner Tochter deklamieren höre, einmal aus poetischer und hernach wiederum aus naturgesetzlicher Vaterfreude.

Diktatur

Nur eins hat das Schicksal vor den irdischen Tyrannen voraus, nämlich das, daß man ungeniert darüber schimpfen kann, es nutzt ei'm zwar gar nix, aber man wird doch wenigstens zu keiner Verantwortung gezogen, und es is das schon eine schöne Sach'.

Dilemma

Er hat immer ein'n Hamur als wie a Kreuzspinnerin, wenn g'weißingt wird.

Diplomatie

Das is die unerschöpfliche Diplomaten-Sprach', so oft's a alt's Recht verdrahn, erfinden s' einen neuen Ausdruck dafür.

Diskretion

Dienstleuten muß man nichts anvertrau'n; das sind die Plakate der Herr-und-Frau-Geheimnisse, die lebendige Preßfreiheit jeder häuslichen Konstitution.

Drama, soziales

Da lamentieren die Familien aktweis daher, daß man 's Teufels werden möcht', — und um was handelt sich die ganze

Knieriem (Lumpazi):

„Auf's Jahr kommt der neue Komet, da geht die Welt z'Grund."

Jupiter (Orpheus):
„Waaaas treibst du seit 14 Tagen?"

Verzweiflung? Um zweihundert Gulden Schein; wenn s' den Bettel im Parterre zusammenschießeten und hinaufschicketen, so hätte eine jede solche Komödie im ersten Akt schon ein End'.

DUMMHEIT

—.—: Brüderliches Warnen, ernste Mahnung, Lehre und Bitte wird ihn auf die Bahn der Vernunft trotz seiner Geistesschwäche leiten.

—.—: Du hättest recht, wenn die Dummheit eine Geistesschwäche wäre, leider ist sie aber eine furchtbare Stärke, sie ist ein Fels, der unerschüttert dasteht, wenn auch ein Meer von Vernunft ihm seine Wogen an die Stirne schleudert. Leichtsinn wurde schon oft von dem sanften Hauch der Liebe, öfter noch von dem rauhen Sturmwind der Erfahrung verscheucht, selbst das Laster ist nicht selten vor dem Licht der bessern Überzeugung geflohen, nur die Dummheit hat sich hinter ein festes Bollwerk von Eigensinn verschanzt, pflanzt beim Angriff noch die spitzen Palisaden der Bosheit drauf und steht so unbesiegbar da.

—

Wenn die Dummheit in der Regel mehr Glück als die Weisheit hat, so is es eigentlich schon eine halbete Dummheit, wenn man nach Weisheit trachtet. Und wie oft hat der G'scheite Momente, wo er sich wünscht, recht dumm zu sein; der Dumme hingegen wünscht sich nie, g'scheit zu sein, er glaubt's ohnedem, daß er's is, und in dieser Leichtgläubigkeit liegt schon eine Art von Glückseligkeit, währenddem das Vielwissen zu gar nix is, als daß es einem Kopfweh macht.

—

Die Schlechtigkeit liegt immer schon in'n letzten Zügen, wenn sie sich mit der Dummheit alliiert.

E

Egoismus

Die Lieb' is der Punkt, wo sich auch die Egoisten dann und wann vergessen.

—

Gibt's denn eine Lieb', die ganz ohne Eigennutz is? Der sentimentalste Jüngling muß oft seinen schlankesten Gehrock versetzen, damit er die uneigennützige G'spusin auf'n Saal führen kann.

Ehe

—.—: Eh'stand? Das is, glaub' ich, wenn man heirat't? Darüber existieren so viele Beschreibungen, so viele Sagen der Vorzeit und Memoiren der Gegenwart — was soll ich da Neues finden?

—.—: Treffe nur eine originelle Wahl!

—.—: Eine originelle Wahl? Wie is das möglich? Wähl' ich vernünftig, so haben schon Hundert' so gewählt, und wähl' ich dumm, so haben schon Millionen Leut' so gewählt.

—

Beim Tarock kann ich doch was g'winnen, wenn ich einige Ultimo mach', aber was wär' denn beim Eh'stand zu g'winnen, wo man im voraus weiß, daß 's Weib allweil „kontra" sagt, und hat man die Kurasche und sagt „re", so denkt sich 's Weib: Du sagst mir lang gut „Reh", du Hirsch! Und man is erst recht verloren.

—

Der Ehestand verwandelt die feenhafte Villa des Ideals in einen ergiebigen Meierhof.

—

Man macht dadurch überhaupt dem Ehestand ein sehr schlechtes Kompliment, daß man nur immer die verstorbenen Männer, die ihn schon überstanden haben, „die Seligen" heißt.

Ehescheidung

Scheidung heißt das kleine und doch so große Wort, das dir mehr als Millionen, das dir deine Freiheit wiedergibt.

—

Unüberwindliche Abneigung, seinerseitige Grantigkeit, Z'widrigkeit, Sekkatur — an Scheidungsgründen fehlt's nie, wenn nur der gute Wille da is.

Ehestreit

Will man, daß zwei Eh'leut' einen Streit anbandln,
Muß man sich zuerst in einen Verführer verwandln.

—

O, Kämpfe wird es schon geben in unserer Liebe, aber wie doppelt selig, wenn wir uns dann Versöhnung zulächeln, jedes mit ein' Kraller in G'sicht und a paar 'zwickte blaue Fleck'!

Eheversprechen

Was is ein Eh'versprechen? Ein Versprechen, von dem sich a gescheits Madl eh' nicht viel verspricht. Heiraten muß man prima furia, es muß der Labetrunk sein, den man im ersten Durst auf den heißen Stein der Liebe schütt't. Wie's nicht auf ein' Zug geht, so merkt man's, daß man in d'Hitz' trinkt, und laßt sich Zeit, bis die ganze G'schicht' abg'standen is.

—

Wenn ein jedes Stubenmädel, dem schon 's Heiraten versprochen worden ist, sich zu Tod kränket, so wüßt' man ja gar nicht, wo man ein' Dienstboten hernehmen sollt'.

Ehrgeiz

Ich hab' keinen Ehrgeiz außer den, den Rang eines rechtschaffenen Mannes zu behaupten, und in der Branche sind so viele Stellen vakant, daß einem das bisserl Konkurrenz gar nicht scheniert.

Ehre

Die Ehre ist die feine Wäsche, in welche sich die Seele des Gebildeten kleidet, drum muß so eine Ehre auch fleißig gewaschen werden, das geht aber nicht mit Wasser und Seife, nur mit dem Blute des Beleidigers wäscht man die Ehre rein.

—

In der Stadt kann's nicht schwer sein, eine Ehr' aufz'heben, weil so viel herumgeworfen wird mit der Ehr'.

Eifersucht

„Fesch", das is die wahre Folterbank für ein' Gemahl. Eine Treulose kann man fliehen, eine Heuchlerin kann man entlarven, eine Meineidige kann man morden — aber was fangt man mit einer Feschen an?!

Eigentum

Ist der Mann nicht vorlaut, wenn er das Weib seine Angehörige nennt?

—

—.—: Einen anderen Diebstahl zeigt man an.

—.—: Bei der Frauenentwendung blamiert man sich, wenn man ein G'schrei macht.

—

Sie sind zu alt zum Rinaldini! Streichen Sie also den Grundsatz: „Was nit dein g'hört, das laß lieg'n" nicht voreilig weg aus Ihrem Finanzsystem!

—

Fremdes Eigentum behalt't der anständige Mensch nie für sich, mit Ausnahme der Bücher, die kriegt man auch von die ordentlichsten Leut' nie zurück.

—

Hab' ich mein Wort gegeben, so kann ich es auch zurücknehmen, denn es ist *mein* Wort, ich bin Herr darüber, oder glaubt ihr, ich werde euretwegen der Sklave meines Wortes sein?

Einmaligkeit

Ich hab' die Spiegeln abg'schafft, weil sie die Frechheit haben, mein Gesicht, was einzig in seiner Art is, zu verdoppeln.

—

Die einzigen Wesen sind eine Einbildung, die tägliche Erfahrung zeigt, daß unser Herrgott die Menschen dutzendweis erschafft.

Einst

—.—: Mit dem redlichsten Fleiße will ich zu erwerben suchen, um Sie einst zu bezahlen.

—.—: Einst? Bis wann ist das? Den Termin kennt kein Geschäftsmann. Zwischen Jetzt und Einst ist eine Kluft, die man mit reichlichen Interessen ausfüllen muß, wenn man freien Fußes mit seiner Schuld hinüberwandern will.

Eisenbahn

Göttliche Eisenbahn! Du hast das Sprichwort: „Das geht auf der Extrapost!" zu schanden g'macht.

—

Jeder Mensch is von der Eisenbahn, denn jeder wird von dem eisernen Schicksal auf seine Bahn geschleudert.

Eitelkeit

Kein Tag, wo ich nicht in den Spiegel schau', mir wäre gewiß nichts entgangen, aber da kann man nur sagen: ewige Frische, unverwelkliche Blüte, lebendiges Pasquill auf den Zahn der Zeit!

Elastizität

Gewissen der elastischeste Stoff, heut' kann man's kaum über Maulwurfshügel spannen, morgen deckt man ganze Berge damit zu.

—

Das Eheband is das kürzeste an Raum, das längste in der Zeit.

Elektrizität

Überhaupt, warum sollt' ich grad (den) Ernst von der ernsthaften Seite nehmen? Der Ernst hat eine feierliche Seite, eine schauerliche Seite, überhaupt viele sehr ernsthafte Seiten, aber ein elektrisches Fleckerl hat er doch immer, und da fahren bei der gehörigen Reibung die Funken der Heiterkeit heraus.

Emigration

Tausend Meilen weit reisen, um für die hiesigen Kummer und Sorgen echten Jammer und Verzweiflung z' finden — das heißt auswandern.

Entwicklung

Ich hab' einmal einen alten Isabellenschimmel an ein' Ziegelwagel g'sehn, seitdem bring' ich die Zukunft gar nicht mehr aus'n Sinn.

Erben

Meiner Seel', wenn ich nochmal stirb, so vermach' ich alles dem Taubstummeninstitut, diese Erben können mir doch nix nachreden.

Erbrecht

Prozesse sind die Blumen, die am üppigsten auf den Gräbern reicher Leute blühn.

Erde

—.—: Was ist die Erde?

—.—: Ein Himmelskörper, auf dem die Unglücklichen ein höllisches Leben haben.

—

Die Welt scheint sehr glatt, wenn man sie auf lackierten Wagenrädern befahrt, die Welt scheint nicht uneben, wenn man sie mit guten Stiefeln betritt, aber die Welt ist fürchterlich rauh, das kann nur der beurteilen, der öfters barfuß auf ihr herumspaziert.

—

Die ganze Welt ist ein Fußboden.

EROS

Sie haben eine lokale Mundart, und Lokalität zerstört die Poesie. Amor war kein Stockerauer.

ERZIEHUNG

Wennst mir mit'n Fürchten nicht aufhörst, so schick' ich den Schwarzen über dich mit'n großen Sack, da steckt er dich hinein und tragt dich in'n Wald hinaus.

ETYMOLOGIE

aedificia, Gebäude. Da fällt mir eben wieder die Sprachverwandtschaft dieser beiden Worte auf; das Wort Gebäude stammt offenbar aus dem Lateinischen, aedificium, gaedibicium, gedibicium, gedibäudium, Gedibeidi, Gebäude. So leiten sich unsere meisten Worte von den Römern ab.

EVOLUTION

Ich hätt' sollen gar nie in d'Wirklichkeit kommen; solang ich noch ein Traum meines Vaters, eine Idee meiner Mutter war, da kann ich recht eine scharmante Idee gewesen sein; aber so viele herrliche Ideen haben das, wenn s' ins Leben treten, wachsen sie sich miserabel aus.

EWIGKEIT

Die kürzeste Straf' in der Höll' is auf ewig!

EXALTATION

Weg'n was soll der im Reich der Träume Zuhausige nicht auch seine Muttersprach', das Überspannte, reden?

F

Familie

Der Grundton in der Harmonie der Häuslichkeit muß immer das Kindergeschrei sein, sonst geht die wichtigste Stimme ab.

—

Schuldenarrest is eine Daumschraube, die der Gläubiger nicht dem Schuldner, sondern seinen Angehörigen anlegen laßt; so eine orientalische Manier gehört sich gar nicht für das humane Europa.

Fatalismus

Reich oder arm, das Schicksal find't bei jedem das Fleckel heraus, wo er kitzlig ist.

Faulheit

Meine Uhr geht schon wieder nit, es ist eine rechte Faulheit von der Uhr, sie ist ganz verwöhnt von die kommoden Täg', wo s' im Versatzamt war.

Formalismus

Wo die Form herrscht, wird das Gefühl in den Staub getreten.

Fortschritt

Der Fortschritt ist halt wie ein neuentdecktes Land; ein blühendes Kolonialsystem an der Küste, das Innere noch Wildnis, Steppe, Prärie. Überhaupt hat der Fortschritt das an sich, daß er viel größer ausschaut, als er wirklich ist.

—

In meiner Jugend haben uns die Götzenpriester g'lernt, das Donnern bedeut't, daß s' im Himmel Kegel scheiben; unsere Gelehrten aber sagen, da müßte man auch dann und wann bei „Alle Neune" das Juchezen hören, da aber das nicht der Fall ist, so ist die alte Theorie durch den Fortschritt in der Wissenschaft geschlagen.

Fotografie

Ja, das Frauen-stundenlang-scharf-anschau'n hat schon manchen Porträtmaler verblend't; da habens's die Daguerretypierer bei weitem nicht so gefährlich, da is alles in fünf Minuten vorbei!

Frau, s. gattin
s. witwe

Die Nerven von Spinnengeweb', d'Herzen von Wachs und d'Köpferl von Eisen, das is ja der Grundriß der weiblichen Struktur.

—

Ja, Weiberschönheit is wohl recht eine schöne Schönheit, aber nix auf die Dauer.

—

—.—: Es is was Traurigs auf der Welt ohne Frau!

—.—: Ich hab' einen Ehemann gekannt, der hat das Gegenteil behaupt't —

—

Es is a Kreuz mit euch Frauensleut', wenn's alt seid's, red't's zu viel, und wenn's jung seid's, verschweigt's ei'm z'viel.

—

Sie würden mich minder hart beurteilen, wollten Sie erwägen, daß eine schutzlose Frau einer Taube gleicht, die in ängstlicher Ungewißheit über dem weiten Meere des Lebens flattert.

—

Schätzen kann sich ein Frauenzimmer so hoch wie sie will, aber es soll ja keine vergessen, daß sie drei Termine hat, den Termin der Jugend, den Termin der Hübschigkeit, welcher sich noch etwas über die Jugend hinaus terminiert, und den Termin des Altwerdens; geht sie bei die ersten zwei Termine nicht ab, so wird sie beim dritten unter dem Schätzungswerte hintangegeben.

—

So a alt's Weib gibt doch für zehn Teufeln aus!

Sch: Junger Herr, mir scheint, Sie wissen nicht, was eine Arena is; Arena ist die Vermählung der Kunst mit der Natur.

Tr: Arena ist der plumpe Finger, mit welchem man der dramatischen Kunst den Nimbus abstreift wie vom Schmetterlingsflügel den Farbenschmelz.

N: Arena heißt auf deutsch Sand.

Sch: Und Sand ist ein kurioses Kunstelement.

Tr: Allerdings, zum In-die-Augen-Streuen.

Sch: Is g'scheiter als ein Bretterpodium; warum soll die Kunst immer auf'n Holzweg gehn?

Tr: Schon die Tageshelle ist die Mörderin jeder Illusion.

N: Ein fester Künstler, der sicher is, daß er nit abbrennt, der stellt sich auch in die Sonn'.

Sch: Nur gewisse Künstlerinnen in gewissen Jahren scheuen sich vor der Arena wegen gewisse Teintfehler, die s' beim Tageslicht nicht mit Wienerweiß so überhiaseln können wie beim Lampenlicht.

Tr: Ich will die Arena gelten lassen für komische Stücke. Aber kommt es Ihnen nicht selbst lächerlich vor, wenn einer sagt: „Ha, wie erdrückt mich die dumpfe Kerkernacht!“ und dabei mit den Augen blinzelt, weil ihm die Sonne auf die Nase scheint? — Oder wenn Damen im plafondlosen Salon sitzen, und ein kalter Herbstwind weht ihnen welke Blätter in die Gockscheitel-Coiffüre? — Oder wenn ein Intrigant im Juli um fünf Uhr nachmittags mit brennender Kerze das geheime Gemach durchschreitet: „Wo find' ich denn die Dokumente? — Ha — Geräusch, man kommt.“ — Das Licht entfällt ihm, er tappt herum: „Verdammt, ich kann den Ausgang nicht finden in der Dunkelheit.“ Wie kann man Kunst und Künstler so rücksichtslos der Verhöhnung preisgeben?

Sch: Ich bitt' Ihnen, zu was hätt' denn das Gesamtpublikum sowie jeder einzelne Publikus seine Phantasie?

Tr: Ich fühlte mich immer zum Mitleid erregt beim Anblick der obdachlosen Kunst.

Sch: Lächerlich!

N: Die Kunst is ein G'schäft und grad' bei die großartigsten Geschäft' is man meistens nicht gedeckt.

Sch: Mein Geschäft is auch in der Arena gedeckt, gedeckt durch zwei eminente Talente! Das eine is meine Nichte, ein Geschöpf, begabt mit jeder Begabung, ein Geschöpf —

N: Mädchen? Frau? Wittib?

Sch: Bei ihrer Kunsthöhe werden so unbedeutende Distinktionen nicht berücksichtigt, da sagt man nur Geschöpf —

Tr: Und die andere Kunstgröße?

Sch: Bin ich selbst.

Tr: Ihrem Äußeren nach zweifle ich nicht im geringsten, daß Sie im Komischen ganz köstlich sind.

Sch: Komisch? No, da kummeten S' mir z'recht — ich spiele „König Philippe", „Belisare", „Scheylöcke", „Alte Mööre" —

Tr: Im Hungerturme müssen Sie sich gut ausnehmen.

Sch: Meine Würmer sind auch nicht schlecht, der Wurm in „Kabale und Liebe" ist mir besonders gelungen. Und an meinem „Don Valeros" kann jeder lernen —

Tr: Es gibt nichts Lehrreicheres als abschreckende Beispiele.

Fremdwort

—.—: Ich bin so angegriffen — so affektiert —

—.—: Affiziert.

—.—: Das wird doch kein großer Unterschied sein!

Freundschaft
Ich hab' einmal einen Freund g'habt, und seitdem hab' ich gar keinen Abscheu mehr vor die Feind'!

Fruchtbarkeit
Keinen fruchtbareren Boden gibt's in der Welt als das menschliche Herz; wenn man den Samen des Argwohns hineinstreut, das schlägt Wurzel und wachst und schießt!

Frustration
Können Sie es fassen, was das sein müßt' für ein zärtliches Weib, wenn sie sich ergehen will in den Gefilden trauter Mitteilung und an die stillen Räume des ihr angetrauten Herzens pocht und ein hohler Schall erwidert ihr: „Niemst z'Haus!" — Wie das sein müßt', wenn sie a Stund' lang die Sprache des Herzens spricht und der Altarverbundene sagt drauf: „Nix deutsch!"

Futurologie
Die Zukunft is die neue Welt, in die der Mensch seine Entdeckungsreisen macht, wir sind zwei Ferdinand Cortezer, Herz und Kassa unsrer Auserkornen sind das Mexiko, was wir erobern soll'n.

—

Warum soll die Gegenwart dem ihre Blicke schenken, der immer mit der Zukunft kokettiert?

G

GATTIN

Das ist die Gattin meiner Wahl, das heißt, gewesen, jetzt nehmet ich s' nicht mehr.

—

Die Meinige hat ganz den Charakter als wie eine, die hoch oben aus will — (für sich) beim Rauchfang auf'n Besen!

GAST

Nein, wenn die Gäst' wüßten, wie z'wider sie einem oft sind, es ließ' sich gar kein Mensch mehr einladen auf der Welt.

GASTHAUS

Der Ruf eines Gasthauses ist in der Heiklichkeit das nächste an dem Ruf einer Jungfrau, und der Unterschied is nur der, ein Gasthaus kommt in ein schlecht's Renommee, wenn man mehrere aussiwerfen, und eine Jungfrau, wenn man mehrere einigehn sieht.

GASTRONOM

Wenn ich in der Fruh mein' Wein wassern tu', so ist mein Geschäft für'n ganzen Tag getan, denn die weiteren Intrigen mit'n Z'wenig-Einschenken und Z'viel-Anrechnen bei der Zech', die sind zu kleinlich für mich, die überlass' ich dem Kellner.

GASTRONOMIE

Kellner: Ich zapf' an, was der Wirt, und schenk' ein, was die Gäst' schaffen.

Wirt: Das ist aber nicht das Wahre. Schafft ein Gast ein' Guldenwein, so gibt man ihm'n, er ist schlecht g'nug; schafft er ein' Seidtaler an, so soll er seinen Gusto büßen, er zahlt den Guldenwein um das teurer und dafür schmeckt er ihm besser, für das hat der Gast seine Einbildungskraft.

Geburtenregelung

Und die merkwürdige Ironie, daß man die Neugeborenen in Körbe legt, als ob man den Eltern vorrupfen wollt', hättet's ein's dem andern einen Korb gegebn, so hättet's die Sorg' nicht auf'n Hals.

Geduld

Übrigens, wenn sie nicht bald kommt, so weiß ich, was ich tu'; da wart' ich noch länger.

Gefahr

Die Gefahr is ja der Schneider, der der Liebe das poetische Ballkleid macht, im prosaischen Schlafrock der Alltäglichkeit nimmt sich diese Himmelstochter miserabel aus.

—

Nur bei der Linie der Gefahr kommt man hinaus ins Freie des Vergnügens. Wer sich scheut, diese Linie zu passieren, der bleibt ewig in der staubigen Vorstadt der Langweiligkeit hocken.

—

Die Gefahr ist das Meer, aus dessen Grund man sich die Perl' des Glücks heraufholen muß, bei die Standln, wo s' die Sechskreuzerringeln verkaufen, kriegt man's nicht.

Gefallen

—.—: Der Direktor will, daß seine Schauspieler dem Publikum gefallen.

—.—: Gefallen soll ich auch noch? Um dreißig Gulden Gage? Ich dank', einen Gulden 's Tags braucht der Mensch zum Leben, und leben muß jeder Mensch; wenn nur die Menschen leben sollten, die den Leuten g'fallen, da schauet's schütter aus.

Geheimnis

Das is das Rätsel, was täglich hunderttausendemal aufgegeben und das so selten erraten wird: will der nix merken oder is er wirklich so dumm, daß er nix merkt?

GEHORSAM

Der Herr Papa findet diese Partie des Geldes wegen sehr vorteilhaft, und da ich für niemanden eine besondre Inklination fühle, so ist es besser, ich nehme einen Reichen, natürlich, und ich finde keinen Grund, warum ich meinem Vater ungehorsam sein sollt'.

—

Mein Papa is wohl ein bissel eigensinnig, aber das scheitert alles an meinem Gehorsam.

GEIST

—.—: Sie wissen, ich sehe nur auf den Geist.

—.—: Als solcher werd' ich Sie noch erscheinen auf schaudröse Weise, das bißgen Körper ist bald abgestreift.

GELD

—.—: Wohl, ohne Geld is alles umsonst.

—.—: Jetzt hab'n S' wieder was Dummes gered't, ohne Geld merkt man erst recht, daß gar nix umsonst is.

—

—.—: Die Macht des Geldes —

—.—: Ist nichts, aber die Macht des Keingeldes ist furchtbar! Kein Geld haben zwingt zu allem.

—

Zwischen Auskommen und Einkommen is es schwer, das gehörige Verhältnis herzustellen, denn 's Geld kommt auf schwerfällige Podagrafüß' herein und fliegt auf leichten Zephyrflügeln hinaus.

—

Die Kranken geben bei weitem nicht so viel Geld aus, um g'sund, als die G'sunden, um krank zu werden.

Geld

Ich stehl' kein Geld, denn ich bin ein ehrlicher Mann, doch das wäre das geringste; aber ich fürchtet mich schon vor'm Erwischtwerden zu stark, das ist bei mir die Hauptsach'.

—

—.—: Nach was forscht denn der Herr jetzt?

—.—: Nach Wahrheit, das heißt nach Geld! Denn Geld ist Wahrheit, da es sich nur dort zeigt, wo es wirklich ist.

—

Das Geld erscheint den Menschen nur in drei Gestalten, in der Gestalt als *Viel*, in der Gestalt als *Wenig*, oder in der Gestalt als *Garnichts*.

Gelegenheit

Die Gelegenheit hat das Lehrbubenartige, daß man sie beim Schopf fassen muß.

Genügsamkeit

Freund, 's Herz is wie der Magen — wenn man lang nicht geliebt hat, so is es grad, als wie wenn man lang nix gegessen hat, man is bald mit was zufrieden.

Gerechtigkeit

Und die Gerechtigkeit muß ex officio stockblind sein! Die Allegorien-Erfinder haben ihr die Augen verbunden — warum? Damit sie nicht sieht, wohin sich die Waagschale neigt, und 'reintun kann, was sie will.

Gerücht

Das Licht hat die größte Geschwindigkeit in der ganzen Natur, drum hat auch das üble Licht, was auf ein Wesen fallt, so eine schnelle Verbreitung.

—

O nein, ich glaub' nix aufs Wort. Überzeugung is meine Parol'!

Pizzl (Umsonst):

„Ich werde mich jetzt eine Stunde räuberisch mit dem Moor befranzen.“

Pan (Daphnis und Chloé):

„Ich bin gar ein strenger, ein moralischer Gott,
von der Seite kennen sie mich noch nicht.“

Geschichte

Die Weltgeschichte teilt man ein in die alte und in die neue. Beide unterscheiden sich wesentlich voneinander. Wien, zum Beispiel, war vor zweitausend Jahren eine kleine römische Stadt, hatte wohl römische Kultur, aber noch keine Vorstädte. Spittelberg, Liechtental, Hundsturm und Lerchenfeld wurden erst in den Zeiten der Aufklärung hinzugebaut. — In der alten Geschichte hat Wien „Vindobona" geheißen, und Vasen und Urnen hat es in Überfluß gegeben. In der neuen Geschichte heißt es „Wien", und Heferln, Reindln und Schaffeln werden auf'n Stephansplatz verkauft. — In noch älterer Zeit war Wien ein Wald, und wahrscheinlich zur Gedächtnisfeier wird jetzt noch in der Kärntnerstraßen Holz gehackt. — Überhaupt haben sich die Zeiten sehr geändert. In der alten Zeit hat es Römer und Griechen gegeben, — in der neuen Zeit haben wir Salamimänner und Razen. In der alten Zeit hat es trojanische, punische und andere Kriege gegeben, an denen jeder ehrenwerte Staatsbürger teilnehmen mußte. In der neuen Zeit haben sie Federkriege, in die sich kein honetter Mensch einlassen kann. Warum aber diese neue Zeit die Zeit des Fortschrittes genannt wird, das is die einzige Frag', wo ich keine Antwort drauf weiß.

Gewissen

An der Hauptmaut des guten Gewissens wird das reine Bewußtsein zum breitschultrigen Träger der schwersten Verfolgungslast.

Glaube

Man glaubt nicht, was jeder Mensch glaubt, was er für ein Mensch is!

GLÜCK

Schau' s' nur an beim Gipsmann, so a Fortuna; die hohle Kugel, über der sie schwebt, is das Sinnbild von ihre Favoritköpf'!

—

Denk' nur, du bist aus einem guten Haus, du kannst eine kriegen *mit* ein' Haus, das is hernach ein häusliches Glück.

—

Wenn einer ein Mädel sitzen laßt, so sagt man, er hat's unglücklich gemacht; wenn einer ein Mädel heiratet, so sagt man, er hat's glücklich g'macht.

GLÜCKSSPIEL

Ich hab' auch einmal g'spielt, sehr stark, wie ich noch kein Geld hab' g'habt. Jetzt aber, seitdem ich was hab', is mir das Geld eine viel zu ernsthafte Sache, als daß ich drum spielen könnt'.

GROSSMUT

Es gibt Fälle, wo wir auch unverkennbare Züge von Großmut entwickeln. Wir haben zum Beispiel a sekkante Frau, die uns nicht a Stund' ein' Ruh' gibt, und wir wünschen ihr dafür die ewige Ruh'; wenn das nicht großmütig is, nachher weiß ich's nit.

H

HANDEL

Vor dem Handelsstand kriegt man erst den wahren Respekt, wenn man zwischen Handelsstand und Menschheit überhaupt eine Bilanz zieht. Schau'n wir auf'n Handelsstand, wie viel gibt's da Großhandlungen, und schau'n wir auf die Menschheit, wie wenig große Handlungen kommen da vor! — Schau'n wir auf'n Handelsstand, vorzüglich in der Stadt, diese Menge wunderschöne Handlungen, und schau'n wir auf d'Menschheit, wie wenig wahrhaft schöne Handlungen gibt's da! — Schau'n wir auf'n Handelsstand, diese vielen Galanteriehandlungen, und schau'n wir auf d'Menschheit, wie handeln s' da oft ohne alle Galanterie, wie wird namentlich der zarte, gefühlvolle, auf Galanterie Anspruch machende Teil von dem gebildetseinsollenden, spornbegabten, zigarrozuzelnden, roßstreichelnden, jagdhundkaschulierenden Teil so ganz ohne Galanterie behandelt! —

HANDGREIFLICHKEITEN

Es is so edel, wenn man seine Hand einem Menschen in die Hand legt, dem man s' von Rechts wegen ins Gesicht legen sollt'.

—

Diese Fäust' sind Dietrich genug, um einem die Pforten der Ewigkeit aufzusperren.

HALTUNG

Glaub' mir, es is eine Aufgab', auswendige Polarkälte bei innerem Sirokko zu erkünsteln, ruhigen Anstand im Äußern, während das Innere sich umwälzt.

—

In dem Punkt bin ich eigen,
Vor die Leut' nur nix zeig'n.

Hass

Gibt's eine kommodere Gelegenheit, eine Verhaßte unglücklich zu machen, als wenn man s' heirat't?

Hedonismus

Ich habe nur einen Grundsatz, und das ist der, gar keinen Grundsatz zu haben. Grundsätze sind enge Kleidungsstücke, die einen bei jeder freien Bewegung genieren. Was mich freut, das tu' ich, was mich unterhält, das such' ich; was mir gefällt, das lieb' ich; ich bin mein eigener Herr.

Heirat

Über kein Thema existieren so viele Variationen, als übers Heiraten; aber noch so künstlich variiert, die uralte Fischgratenmelodie is nirgends zu verkennen. 's Heiraten is offenbar keine Kunst, denn es kommt sogar bei die Wilden vor, und damit uns das recht augenscheinlich wird, heiraten selbst in Europa viele Wilde, wenn s' nur a schönes Geld haben. Und doch ist es gut, daß es nicht abkommt. Im Mittelalter hat man ein Leben, reich an Taten und noch reicher an Untaten, unter andern auch als Einsiedler abgebüßt; jetzt hat man bloß die Zweisiedelei des Eh'stands, um Jugendtorheiten abzubüßen. Kurios, daß die Natur sich drin g'fallt, so ungleiche Geschwisterpaare zu erzeugen! Wie z. B. der angenehme Jüngling Schlaf einen fatalen Bruder, den Tod, hat, so hat die reizende Zauberin Liebe eine etwas langweilige Schwester, die Ehe. Die Liebe kommt mir vor als wie eine Hausunterhaltung, die sich ganz unverhofft gestaltet, das sind immer die schönsten. Der Eh'stand hingegen is als wie eine Landpartie, wo man sich eine Menge vornimmt, wie unendlich man sich unterhalten will, da wird meistens nix draus, allerhand Verdruß und ein recht's Wetter sind, so wie das landpartieliche, auch das eh'ständliche Fazit. — Bei der Lieb' is das Schöne, man kann aufhören zu lieben, wenn's ein'm nicht mehr g'freut, aber bei der Ehe! Das Bewußtsein: du mußt jetzt all'weil verheirat't sein, schon das bringt einen um. Ich weiß, wie das Ganze entstanden is: Die Schöpfung hat sich einmal im Dramatischen versucht und hat eine Komödie verfaßt „Die Liebe", und das Stück is halt so gut ausg'fallen, allgemeiner Beifall und Andrang — da hat dann die succès-verblendete Schöpfung einen zweiten Teil drauf g'macht, „Die Ehe", und wie's schon geht bei die zweiten Teil', es is nicht mehr das Interesse. Und wenn man die dramatischen Mittel dieser beiden Teile vergleicht — grad wie bei gute und matte Komödien. Bei der Liebe nur zwei Personen; selbst die noch dabei sein könnten, sucht man zu vermeiden, ein leichter, gefälliger Dialog, Dekorationen: eine Laube, a Stiegen, a Strohdach, alles gut genug. — Bei der Ehe hingegen *das* Personal: a Frau, a Stubenmädel, a Köchin, a Bedienter, a Chevalier, oder auch mehrere Chevaliers, und Kinder und Statisten, die d'Frau angaffen, wenn s' sauber is. Und die Dekorationen: ein Salon, eine Promenad', ein Ballsaal! — Und die Garderob'! Und dabei eine schieferige, geschraubte, oft auch sehr ordinäre Sprache — nein, es is nix mit die zweiten Teil'!

—

Ich werd' mich jetzt auf den Eh'stand verlegen und dabei allen Anforderungen der Ästhetik entsprechen; meine Auserwählte is nämlich reich und dabei nicht ohne Unliebenswürdigkeit, ich schließe also eine Vernunftheirat, eine Geldheirat und zugleich eine Heirat aus Inklination, weil ich eine unendliche Inklination zum Geld hab'. Der Klang von dreißigtausend Gulden, das sind die lockenden Töne, die einem vor dem Hymentempel zurufen: „Belieben Sie hereinzuspazieren, es wird gleich anfangen!" Freilich, Geld macht nicht glücklich, sagt ein Philosoph, der Gott 'dankt hätt', wenn ihm wer eins g'liehen hätt'. Von dieser Weisheit kann ich keinen Gebrauch machen, wenn ich aber einmal der Meinigen das Ihrige durchgebracht hab' und sie drüber in Ohnmacht fallen sollte, dann will ich ihr diese geistreiche Sentenz als Rauberessig unter d'Nasen halten.

Heirat

Wenn ein Heiratsplan noch so gut abgeknetet ist, ohne Liebesglut wird er ewig unausgebacken bleiben.

—

Die Lieb' is a Spagat, der die Herzen, der Eh'stand ein Strick, der die Händ' zusamm'bind't. Der Spagat, der läßt sich noch zerreißen, aber der Strick — nein, nein! — da soll sich eher die schiefrige Rebschnur meines Herzens um den einschichtigen Spul'n der Junggesellenschaft wickeln, eh' mich in einer unüberlegten Heirat das Schiffseil der Desperation festhält.

—

Ja, beim Heiraten muß man nit voreilig sein; das is ein Schritt, der Überlegung braucht; so mancher tummelt sich beim Unterschreiben des Eh'kontraktes und glaubt, jetzt wird er Mitglied des seligsten Vereins, und derweil schreibt man sich in die wechselseitige Lebensverbitterungsanstalt ein.

—

Ja, mit die Heiraten geht's oft wie beim Krapfenbachen: man nimmt alles mögliche dazu und sie g'raten doch nicht.

—

's Sitzenlassen is immer billiger als 's Heiraten.

Heraldik

Ich weiß, daß das weibliche Herz als Feind der Wappenkunde gerade die jungen Emporkömmlinge im Leidenschaftsvolk protegiert, daß an Amors Hof gerade die Gefühle am courfähigsten sind, die wenig oder keine Vorfahren haben — ich weiß auch, daß die Lieb' eine Nachtigall is, die am liebsten und am reizendsten im dunklen Laub des Verbotes schlagt, selten an der schattenlosen Kommerzialstraßen der Pflicht.

Herrenmode

Seit dem üppigen Gedeihen der festgeschnallten Krawatte, die jede Ungebundenheit erwürgte, muß der Geniemensch akkurat so allen Konvenienz- und Anstandsformen frönen, als ob er zur Geckenrasse gehörte, zu jener Wesengattung, die mit einem frisierten Schopf anfangt und nach fünf Schuh langer, geschniegelter Nichtigkeit sich in zwei Sporn' verliert.

HOCHMUT

Einen Gang hat s' als wie eine Prozession, die aus einer einzigen Person besteht.

HOCHZEIT

Ich bin immer gern bei Hochzeiten, schon das Bewußtsein, daß es nicht die meinige ist, macht, daß sich die Brust froh und frei erhebt.

—

Hochzeit is was Lustiges, und ich bin jetzt einer von die ersten Misanthropen; schad', daß die Charge nicht besoldet wird, sonst hätt' ich a Viechbesoldung!

—

Diese an einen Liebesbund geknüpfte Öffentlichkeit, dieser Anschlagzettel der süßesten Geheimnisse, diese unstatthafte Schaustellung einer Blume, welcher die Grabschrift angeheftet, verletzt das Gefühl, ich finde etwas Beschimpfendes in dieser mit dem Namen „Hochzeit" bekleideten offiziellen Orgie der Liebe.

HOFFNUNG

—.—: Also haben Sie doch Hoffnungen für die Zukunft?

—.—: Das wohl, aber die Zukunft is noch nicht da, und wie hinüberkommen in die Zukunft? Ohne Essen kommt man nicht durch die Gegenwart.

HUNGER

—.—: Du hast all'weil 's Essen im Kopf.

—.—: Freilich hab' ich's in Kopf, aber warum? Weil ich's nit in Magen hab'.

—

„Schickt der Himmel 's Haserl, so schickt er auch 's Graserl."

Mit dem Speiszettel sind schon manchmal Eltern und Kinder hungrig ins Bett.

Hypochondrie

Mich beutelt was, und weil ich allein bin, so kann's nur das Fieber sein.

I

Identität

Ich möcht' mich einmal mit mir selbst zusammenhetzen, nur um zu sehen, wer der Stärkere is, ich oder ich.

—

—.—: Geh in dich —!

—.—: Ich habe Ihnen eben gesagt, wie es in mir aussieht.

—.—: Ach, dann gehe nicht in dich, aber geh in die Kreise, denen du angehörst.

Illusionen

Mancher fahrt in ein' Lehnwag'n und bild't sich fest ein,
Daß d'Leut glaub'n, d'Equipage, die g'hört sein;
Mancher Sänger halt't sich für ein' echten Tenor,
Singt aber den Leuten im Falsett alles vor;
Mancher sagt: „Ich bin Hausherr!", 's is nur a leer's G'schwätz,
Schaut man nur ins Grundbuch, is's Haus voller Sätz';
Mancher baut sich a Haus um viel tausend Guld'n Münz',
Dreißig Jahr' g'hört dem Baumeister aber der Zins.
Ich sag's, s 'kann nix G'spaßigers geb'n,
Als wenn d'Leut' in der Einbildung leb'n.

—

In einem Luftschloß hat selbst die Hausmeisterwohnung eine paradiesische Aussicht.

Illustrierte

Wie kann der Mensch noch Bücher kaufen, seitdem die „Illustrierte“ existiert?

Immobilien

Hausherren haben noch selten hoffnungslos geliebt.

—

Wenn ich auf einen Baum steig', so hab' ich nix zu suchen herunt' auf der Erd'.

Industrieller

Ich beweg' mich ja in dem, was unser Jahrhundert bewegt, in der Industrie. Meine Aussicht hat festen, reellen Grund, ist keine Fata Morgana, die so oft dem Virtuosen, dem Künstler Eldorado-Luftspieglungen vormacht; den Industriellen braucht die Menschheit, die pfiffig genug ist, in dem größten Künstler doch nur immer einen berühmten Unnützen zu sehen. So zweifelhaft daher des Künstlers Durchdringen is, so gewiß hat's der Industrielle — er kann im industriellen Jahrhundert nicht verkümmern.

Ingenieur

Ich hab' alle Zweige der Industrie studiert, ich hab' neue Mittel der Fabrikation und des Handels ersonnen, ich hab' die Möglichkeit aufgefunden, unbeschadet der Revenue des Herrn den Arbeitern Müh' zu ersparen, ohne ihren Lohn zu vermindern, ich werd' zeigen, daß der Maschinenfreund nicht immer Feind, daß er auch Wohltäter der arbeitenden Klasse sein kann. Das is doch gewiß ein schöner Beruf, bei dem Ruhm und Ansehen unausbleiblich sind.

Intelligenz

Was die Leute denken werden? Gewiß nicht viel, schon deswegen, weil die denkenden Leute die wenigsten sind.

J

Jähzorn

Ich war ein Vulkan, die Lava ist heraus, jetzt ergeb' ich mich geduldig in mein Schicksal und will langsam sterben.

—

Der gache Mensch is der beste Mensch.

Jenseits

Jenseits is ja eine bessere Welt; man blamiert entweder jene bessere Welt oder seinen Glauben dran, wenn man um Verstorbene lamentiert.

—

Ich kann es überhaupt nicht glauben, daß die Jenseitigen an uns Diesseitige herüberdenken; die Guten wenigstens gewiß nicht, denn sie sollen ja selig sein und wie brächten s' denn das zusammen, wenn sie uns herunt' im Vogelperspektiv betrachteten? Könnt' es einen seligen Hausherrn geben, wenn er sähet, wie seine liederlichen Buben auf sein schweiß- und fleißerbautes Haus einen Satz um den andern machen? Könnt' es einen seligen Graukopf geben, wenn er's sähet, wie seine blonde Witwe die Trauerkleider als Liebesnetze verwend't? Könnt' es einen seligen Schiller, einen seligen Goethe geben, wenn sie sehen müßten, wie in Budweis der „Don Karlos" und in Feistritz der „Faust" aufgeführt wird? — Es war keine dumme Erfindung von die Griechen und Römer, daß sie als Grenzfluß ihrer champs élysées den Lethe angenommen haben, aus dem man Vergessenheit trinkt. Wer die Welt nicht vergißt, für den kann's gar kein'n Himmel geben — das ist altgriechische Philosophie, die in zweitausend Jahren noch nicht rokoko geworden is.

Jet set

Wenn man die Leute, die man inkommodiert, so reichlich bezahlt wie ich, dann ist man überall zu Hause.

Jugend
Was reden Sie, Jüngling, mit etliche vierzig Jahr' Zukunft vor sich! Alles is möglich, wenn man jung is!

Jupiter
—.—: Für die Liebe ist keine Verkleidung zu schlecht, wenn sie nur zweckmäßig is. Darin hat Jupiter allen Liebhabern ein gutes Beispiel gegeben; das war ein Gott — ein Gott is doch offenbar mehr als ein Baron — und in was für Verkleidungen is der erschienen, namentlich dazumal, wie er unserm Weltteil die ungeheure Sottise angetan hat.
—.—: Eine Sottise?
—.—: Du wirst wissen, in welcher ochsigen Gestalt er sich in dem Europa gezeigt hat; er hat also vorausgesetzt, daß da als Ochs am meisten Glück zu machen is, und es hat sich nachderhand hie und da ausgewiesen, daß der gute Don Juan nicht so ganz Unrecht hat g'habt.

Jus
Einem Richter auf'n Land sein Amt z'wider schon wird,
Bis er die Beweis' herstellt, jed'n überführt,
Er lamentiert: „Man erlebt bei die Verhör' jetzt kein End',
Seitdem jeder Halunk', so wie ich, das G'setz kennt."
Ein Beisitzer sagt: „Ob ich mir 's Beisitzen mirk',
Halbe Täg sitz' ich da oft wie a ang'mal'ner Türk',
Ach, wär' ich nur Richter, das möcht' ich erleb'n,
Bei nichts in der Welt dürft's ein' Beisitzer geb'n!"
Ein Grundwachter, welchem der Dienst ist zu streng,
Weil er zwanzigmal oft macht die nämlichen Gäng',
Der sagt: „So ein Beisitzer, der möcht' ich halt sein!
Da sitzet ich ruhig beim G'richt und schlafet ein."
Jetzt wenn der Richter, die Beisitzer und so abwärts
sogar d'Grundwachter über d'Langweil' schon klag'n,
Da kann man sich denk'n, was d'Arrestanten erst sag'n.

Juwelier

Was is denn a Juwelier? Is das a Kunst? Man nimmt die Steiner und faßt s', das is das Ganze, und der Hauptvorteil dabei is, daß man dann und wann unter die echten Brillanten einen böhmischen einimischt. A G'spaß wär' das, wenn so a Brillantdiadem reden könnt', und mitten unter die echten Brasilianer fanget auf einmal einer zum Powidal'n an. Die Täuschung is halt was Allgemein's.

K

Kaffee

Ein großer Dichter nennt, glaub' ich, den Kaffee die Aurora des Magens.

Karikatur

In der Karikatur liegt zuviel Wirkliches, und die Menschheit will nur recht poetisch aufgefaßt sein, ein klarer Beweis, wie prosaisch sie is. Das is grad wie ein selbstfabrizierter Baron, der kann's nicht oft g'nug hören, wenn man „Euer Hochfreiherrlichen Gnaden" sagt. Während's den echten Kavalier ennuyiert, wenn man ihm immer mit der ganzen Litanei von Titeln kommt.

Karriere

Der strebsame Mensch muß nichts fürchten, wenig glauben und alles hoffen.

—

Wenn der Mensch dasteht, mit siebzehn Schulen in Leib, unzählige Wissenschaften in'n klein'n Finger, fünf lebendige Sprachen in'n Mund und einen totschlachtigen Soliditätsgeist in'n Kopf, da kann er mit einiger Zuversicht erwarten, daß ihm das Schicksal ein saubres Stückel Existenz auf'n Teller entgegentragt, das is keine Kunst. — Wenn man aber nix g'lernt und nirgends gut getan hat, wenn man dabei eine spezielle Abneigung gegen die Arbeit und einen Universalhang zur Gaudée in sich tragt und dennoch die Idee nicht aufgibt, ein vermöglicher Kerl zu wer'n, darin liegt was Grandioses. Der Fortuna als Mittelding zwischen Bettler und Guerilla entgegentreten, das Maximum von ihr begehren, wenn man auch gar keine Ansprüche drauf hat, das is die wahre Anspruchslosigkeit, das zeugt von edler Souffisance, von fabelhaftem Selbstgefühl, mit einem Wort, es ist ein schönes Streben.

KAUSALITÄT
Seit wann braucht eine Frau zum Reden eine Ursach'?

KELLNER
Wenn ein Kellner oder eine Kellnerin „Gleich!" sagt, so is das ein Aufruf an die menschliche Geduld, dem jeder Gast Folge leisten muß.

KIND
Den Kindern g'schieht viel Unrecht. Is das nicht schon Unrecht genug, daß man sie für glücklich halt't? Und sie sind es so wenig wie wir, sie haben in ihren Kinderseelen alle Affekte, eine Sehnsucht, die sie mit Kränkungen, eine Phantasie, die sie mit Wauwaubildern quält, und dabei haben sie nicht die Stütze der Vernunft, die uns wenigstens zu Gebot steht, wenn wir sie auch nicht gebrauchen. Wir finden ihre Leiden klein, ohne zu bedenken, wie kleinlich wir oft in unsern Leiden sind. Wir finden das kindisch, wenn das Kind sich kränkt über einen hinuntergefallenen Apfel, und wie viele Erwachsene sind oft in Verzweiflung über ein gefallenes Papier. — Uns kommt das so kindisch vor, wenn das Kind über einen zerbrochenen Wurstel weint, und ich hab' schon alte Herren g'sehn, die sich über eine verlor'ne Gretl die Haar ausg'rissen hab'n. Wir sind sogar

so ungerecht, Unmögliches zu prätendieren, indem wir oft den Kindern den Vorwurf machen: „Ihr Fratzen seht's gar nicht ein, was die Eltern für euch tun?" Und das können sie doch erst dann einsehen, wenn sie selbst einmal Eltern sind. Und wenn das alles nicht wär', so sind ja die Kinder schon deswegen zu bedauern, weil sie einmal groß werden müssen, da zeigt sich's dann erst recht, wie wenige unter einem glücklichen Gestirne geboren sind.

Klassenkampf

Vergnügen kosten Geld, der Arme hat kein Geld, folglich hat er kein Vergnügen. Kein Wunder, wenn der Arme ein Mißvergnügter is. Mißvergnügter, Verschworner und Revolutionär, das sind Geschwisterkinder.

Kleidung

Ja, es glaubt's kein Mensch, was der Mensch alles braucht, bis er halbweg ein' Menschen gleichsieht. Kurios, der Mensch, heißt es, is das Meisterstuck der Schöpfung, und man muß sich völlig arm zahl'n an Schneidern, daß man das Meisterstuck nur gehörig verstecken kann.

Koalition

Das is der Hauptfehler von der Linken und von der Rechten, daß nix vorwärts geht. Das geschieht aber nur, um das christliche Wohltätigkeitsprinzip in doppeltem Umfang zu erfüllen. Die Linke soll nicht wissen, was die Rechte tut; es weiß aber oft auch die Rechte nicht, was die Linke tut, und das wird nämlich dadurch am sichersten erzweckt, wenn beide Teile gar nichts tun.

Köchin

Ein Mann von Geschmack kann nie ganz ungerührt beim Anblick einer Köchin bleiben. Wenn auch das Ätherische der Liebe etwas unter dem Zwiefel leidet, so gewährt doch die Überzeugung, daß sich hier das Angenehme mit dem Nützlichen verbindet, dem Herzen hinlängliches Äquivalent.

KOKETTERIE

—.—: Laß einen Blick schießen, der ihn aufmuntert.

—.—: Wie kann ich das? Ich muß ja die Augen niederschlagen.

—.—: Na ja, aber niederschlagen und aufmuntern z'gleich, für das is ja die Koketterie.

KOMÖDIE

Wir Reichen verdienen's, daß man mit uns Komödie spielt, wenn uns unsere Eitelkeit undankbar gegen den Reichtum macht. Glauben Sie denn, ein alter Millionist, wenn er aus einer G'sellschaft nach Haus kommt, kniet sich nieder vor seine Obligationen, küßt diese himmlischen Bilder und saget: „Euch nur verdank' ich's, daß diese Frau auf mich gelächelt, diese Tochter mit mir kokettiert hat. Euch nur, ihr göttlichen Papiere, daß diese Cousine mich heiraten will!"? — Kein Gedanken! Er stellt sich voll Selbstgefühl vor'n Spiegel, find't in seine Hühnertritt' interessante Markierungen und meint, er is ein höchst gefährlicher Mann. Mit Recht hat die Nemesis für diesen Undank an den Papieren den Reichen zum Papierltwerden verdammt.

KOMPLIZEN

Einverständnis muß sein, wenn es beim Betrug honett hergehen soll.

KONSEQUENZ

Der Mensch kann nur das halten, was er hat, hab' ich ihm mein Wort gegeben, dann hat er's und nicht ich, da is das Halten ein Hirngespinst.

KONSTITUTION

Gelehrte Köpfe ruhen meistens auf schlechten Unterleibern.

Konvention

Daß man ein Frauenzimmer begleit't, das is ein durch Jahrtausende geheiligter Gebrauch.

Konversation

Mir g'fallet's recht gut in der eleganten Welt, wenn die noblen Dandys nur etwas weniger unter der Kritik fad diskurieren täten; aber gar nichts als Zigarren, Ross', Hund' und Ehre — es wachst ei'm völlig beim G'nack heraus. Nicht einmal über die Madln mögen s' recht reden, und das wär' doch auch ein chevaleresker Gegenstand!

Kopfbedeckung

Junge Mädln muß man trachten, unter die Hauben zu bringen, sonst kann man nicht genug auf der Hut sein.

Korpulenz

Ich möcht' aus der Haut fahren vor Freud', aber ich bin zu dick, ich komm' nicht heraus.

Kosmopolit

Ich hab' meinen Wohnsitz mit der weiten Welt vertauscht, und die weite Welt is viel näher, als man glaubt.

Kremser

Ein Kremser und ein Duell! Das werden Sie nie hören, daß sich bei uns zwei Männer schlagen, für das haben wir die Weiber.

Kunst

Ich bin ein Künstler, das kann mir kein Mensch abstreiten, ich betreibe die große Kunst, auf Unkosten andrer Leut' zu leben.

Knitsch (Gebildeter Hausknecht):

„Wenn jenseits dann die Höll' auch dich umzische,
Es naht ein Engel dir — die Greißlerische.“

Sansquartier (Mädchen in Uniform):
„So viele Engländer und diese einzige Jungfrau,
das muß einen traurigen Ausgang haben.“

Kunst

Ich mag einmal nichts mehr tun für die Kunst. Die Kunst ist mein Leben — und an mein' Leben liegt mir gar nichts.

Künstler

Übrigens, beurteilen Sie andere Leut' nicht nach sich, junger Künstler, folglich Genie und noch folglicher: Schnittling auf allen Suppen.

—

Es is nit aus mit die Künstler, wenn s' nur einmal tot sein, dann rentiert sich die Sach' schon.

Kunst und Wissenschaft

Ich habe mich der Kunst geweiht, der Kunst, welche man höchst irrtümlicherweise mit der Wissenschaft derart zusammenspannt und beide als siamesische Zwillinge behandelt, daß man überall sogar für beide nur eine Medaille prägt — „für Kunst und Wissenschaft", wodurch allerdings der Vorteil erreicht ist, daß der damit Belohnte immer doppelt belohnt ist, weil er nur die Hälfte verdient, denn der Künstler wird höchst selten gar viel Wissenschaft besitzen und der sehr Wissenschaftliche gewiß alles eher als Künstler sein. — Viel lernen und nacher viel wissen, das ist keine Kunst; ich habe nichts gelernt und weiß doch eine Menge, da kann man von Kunst reden. —

Kur

Für ein' schlechten Magen, für a schlechte Leber helfen s', aber für a schlecht's Herz sind diese oberflächlichen Bäder nichts, da wär' nur der Meeresgrund.

Kürschner

Ich war Kürschner — ich hab' mit Bären, Tigern und Leoparden zu tun g'habt, ich derf nicht gereizt werden.

L

LANDSCHAFTSMALEREI

Die Welt wird nicht größer, und die Maler werden immer mehr. Wo was Neues finden? Um jeden steirischen Felsen sitzen drei Maler herum und pemseln drauf los! Jedes Bachbrückel, jedes Seitel Wasserfall prangt auf der Leinwand, das ganze Salzkammergut existiert in Öl, die Schweizer Natur hat keine Quadratklafter mehr, die nicht schon zehnmal in der Kunstausstellung waren.

LEBEN

Die Hoffnung is ja der Goldschnitt am Buch des Lebens, die Blätter sind übervoll vom schwarzen Druck der Verhältnisse, und die Traumbilder, die man sich vorgaukelt, sind die einzigen Illustrationen drin.

—

's Geld braucht man halt zum Leben, und leben tu' ich in einemfort, also brauch' ich halt in einemfort ein Geld.

—

Man lebt vom Geld und nicht von der Lieb', drum müssen beim Klang der Taler alle schwärmerischen Seufzer verstummen.

—

Was hat man von dieser fünfzig bis sechzig Jahre langen Luftschnapperei? Da hat sich die Natur ausgezeichnet. Ohne Luft kann man nicht leben, und von der Luft kann man aber auch nicht leben. Kannst du uns Luft geben umsonst, gib uns die Nahrung auch um den Preis.

—

Zu was die Plag' und das G'frett? 's Leben is sein' Lebtag nicht wert, daß man sich so 's Leben abifrißt, um sich 's Leben zu erhalten.

Leben

—.—: Man lebt nur einmal.

—.—: Ich hab' an einmal schon zu viel.

Lebenslauf

Etwas Verzweiflung, a bissel Jammer, a wenig Wahnsinn — und am Schluß — mein Gott, sterben müssen wir ja alle — der Tod!

—

Das Leben ist ein heikliches Bild, man skizziert sich das Ding recht schön, in der Ausführung verfehlt man's, da heißt's dann: das verpfuschte Werk abliefern an die unerbittlichen Mächte, und man bekommt's nicht mehr zum ändern zurück.

Leidenschaft

Die Kunst ist und bleibt einmal eine Leidenschaft! Machen aber Leidenschaften glücklich? Konträr! Strenge Moralisten sagen: um glücklich zu sein, muß man alle Leidenschaften aus sich verdammen. Dieser Rat ist ungefähr so gut, als wie wenn man einem, der über enge Stiefel klagt, sagt: er soll sich beide Füß' amputieren lassen, damit er kein' Verdruß mehr mit dem Schuster hat — Eigentlich hab' ich nur eine Leidenschaft, nämlich die, daß ich gern allen meinen Leidenschaften nachhänge. Und statt dem sollt' ich sie besiegen? Nein, das ist mir ein viel zu trauriger Triumph, wo man selten verdiente Anerkennung hat davon, denn die Leut' sagen von einem Besieger seiner Leidenschaften nie: „Das war ein starker Geist", sondern sie sagen: „Das müssen schwache Leidenschaften gewesen sein." — Wenn ich nur auf diese Art glücklich werden kann, dann wär' es wohl besser für mich, ich wäre ein unerfüllter Wunsch meiner Mutter, eine gehaltlose Idee meines Vaters geblieben, statt daß ich zum wirklichen Dasein geboren ward. —

—

Meine Leidenschaft ist der Vorteil, den Vorteil erringt man aber nur durch Klugheit; Klugheit ist eine Tugend, also gehört die Tugend zu meiner Leidenschaft, und folglich kann ich sagen, daß ich ein nicht unpreiswürdiges Tugendexemplar bin. — Es glauben mir's zwar die wenigsten, aber das macht nichts, wir sehn jetzt so viel Unglaubliches auf der Welt, daß die Glaubwürdigkeit und die Wahrscheinlichkeit gar nicht mehr unter die Maßstäbe gehören.

Leumund

Der Ruf eines siebzehnjährigen Mädchens ist heiklicher, als wenn a Tabakschnupfer a weiße Piquéwesten anzieht.

Liebe

Was kann der Mensch, dessen Leben nix anders als ein an seinem Geburtstag gefälltes, auf unbestimmte Zeit sistiertes Todesurteil is, G'scheiteres tun, als er laßt sich in resignierter Delinquentenmanier noch nach Möglichkeit gut g'schehn mit einer Gustospeis? Der allgemeine gute Bissen aber für die Menschheit is die Liebe.

—

Ja, die Lieb' — die Lieb', das ist die Köchin, die am meisten anrichtet in der Welt.

—

Liebe ist ein Beweis von Schwäche, den man einem noch schwächeren Wesen gibt.

—

Gekränkte Liebe verwandelt Turteltauben in Weinbeerkroten.

—

Aussicht! Seit wann fragt denn die Lieb' nach einer Aussicht? Die wahre Lieb' schaut nur da heraus, wo keine Aussicht is. Sie zeigen sehr wenig Einsicht in das Wesen der Lieb', wenn Sie glauben, daß die Lieb' eine Aussicht braucht.

—

Die Liebe ist ein Traum, die Ehe ein Geschäft.

Liebe

—.—: Muß doch alles verliebt sein? Schau'n Sie, ich liebe die Liebe nicht, ich find' nichts Nobles darin.

—.—: Wenn man bedenkt, was oft für Leut' verliebt sind, da möcht' ich Ihnen wohl recht geben; wenn man aber andrerseits bedenkt, was oft für Leut' verliebt sind, dann kann ich wieder nicht Ihrer Meinung sein. Soviel is g'wiß, heimliche Lieb' is immer was Nobles, die Liebe zur Schau tragen, das is etwas Ordinär's, und wenn zwei Liebende, die z'Haus Gelegenheit genug haben, sich vor d'Leut' hinstellen mit ihre Zärtlichkeiten und G'schichterln und Händedrückerln und Busserln und abgestochene Kalbsaugerln, das is drei Grad unter Pintscherlgemein.

Liebenswürdig

„Liebenswürdig" ist im strengsten Sinn des Wortes ein Zeitwort, weil es gänzlich der Abwandlung unterliegt: in der halbvergangenen Zeit heißt's „passé", in der völligvergangenen „schiech" und in der längstvergangenen „grauslich".

Liebesbeweis

—.—: Von einer Dame, die man anbetet und von der man geliebt wird, Geld borgen —

—.—: Ah was! Hat sie kein Geld, so is sie keine Dam', und hat's a Geld, und gibt Ihnen kein's, dann liebt sie Ihnen nicht.

Liebhaberrollen

—.—: Die werd' ich ewig spielen, aber nur bei meiner Frau.

—.—: Edler Vorsatz, der meistens mit dem Übergang ins Bonvivant-Fach schließt.

Linke, Die

Der Linken Maß *nehmen* ist sehr eine gefährliche Maßregel, indem der Linken meistens mehr Maß zu wünschen wäre.

Logik

Ihre Schlüsse sind zu gymnastisch, das heißt, zu gewagt; Sie überspringen alles mögliche —

Luftverschmutzung

Ich hab' g'schnappt nach Luft, aber sie war so von Verleumdung verpest't, daß die Sprach' der Wahrheit hat müssen ersticken drin.

Lügen

Das Lügen is was Schrecklich's, man kommt immer mehr drein.

M

Macht

—.—: Wer gibt Ihnen das Recht —?

—.—: Die Macht! Ich bin die Macht und mache das Recht.

—

Mein Eigennutz hat etwas Respektables, seitdem er sich in den Salonfrack des Dominierens geknöpfelt.

Maler

Dem Glücklichen glückt alles! Und ein Maler is ja ein glücklicher Mensch. Wir Maler sind erstens reich; wir haben wenigstens das Vorrecht der reichen Leute, wir dürfen uns viel erlauben, was man uns zu Guten halt't, weil wir Maler sind; ein andrer Mensch dürft' zum Beispiel gar nicht so dahergehn wie ich; wir Maler sind auch mächtig, wir dominieren im Reich der Pinselei, und wie groß dieses Reich ist, das ist noch gar nicht bemessen, denn es werden täglich neue Entdeckungen g'macht. Wir Maler können sogar ungestraft, was niemand sein derf, Satiriker sein, wir malen oft Porträts in einem Schmeichlungsgrad, daß sie offenbar Satiren auf die plumpen

Originale sind, aber 's macht nix, der Porträtmaler is der einzige Satiriker, den die Leut' nicht anfeinden, die sich von ihm getroffen finden. Mit einem Wort, ich betret' das gefährliche Eh'standsgebiet mit dem gewissen glückerzeugten 's Kannmirnixg'schehn-Gefühl, welches allein der Gefahr das Gefährliche benehmen kann.

Malerei

—.—: Jeder Mensch fühlt sein'n Beruf in sich, ihm is halt die Malerkunst —

—.—: Was Kunst! Er kann's, aber is das a Kunst, wenn *er* mich malt? Wenn ich *ihn* malet, das wär' a Kunst, denn i kann's nit.

Mann

Bei Männern gibt's keine Menschenkenntnis; denn wenn man s' kennt, so lernt man s' als Unmenschen kennen.

—

Ja, ja, so sind die Männer! Glauben Sie mir, die Liebe dieser Schöpfungsherrn ist selten echtfärbig, beinahe nie in der Wolle, immer nur im Stück g'färbt, drum wirkt die Erfüllung ihrer Wünsche als Laugen auf diese Liebe — wie man s' drüber gießt, geht s' aus.

—

Das is a alte Wahrheit: über ein altes Weib geht nix als ein Mann, der ein altes Weib is!

—

Fehlerfreie Männer gibt's nicht, also heißt's entweder ledig bleiben oder einen nehmen mit die Fehler.

Masochismus

Wer noch nie über eine Stiegen g'flogen ist, wem sein Buckel noch nicht alle Farben gespielt hat, wem noch nie ein Lavoir auf'n Kopf ist g'schütt't worden, der kennt den wahren Reiz der Liebe nicht.

Maxime

Sprich ohne Scheu, wie dir der Schnabel wuchs!

Mehrzahl

Recht und Freiheit sind ein paar bedeutungsvolle Worte, aber nur in der einfachen Zahl unendlich groß, drum hat man sie uns auch immer nur in der wertlosen vielfachen Zahl gegeben.

Meinung, öffentliche

Was tausend Wichte sagen, bekommt Gewicht, wird wichtig, weil die Wichte tausend sind, und die Ehrenmänner, die's nicht glauben, höchstens zehn! Auch haben die Schufte in der Regel bessere Lungen als die Ehrenmänner, sie schreien mehr, und nichts wirkt auf die Welt mehr als Geschrei!

Mengenlehre

—.—: Kann man ungleichnamige Größen miteinander multiplizieren?

—.—: Man kann es.

—.—: So? Also multiplizieren Sie mir siebzehn Pfund mit drei Ellen, was kommt denn da heraus?

—.—: Siebzehn Pfund, multipliziert mit drei Ellen, das macht netto sechs Kilogramm, dreizehn Hektoliter, achtundzwanzig Millimeter, zweieinhalb Gallonen, sechs Yards.

—.—: Sie wissen gar nichts.

—.—: Rechnen S' nur nach!

Menschen

Viele Weltverleumder sagen: die Welt tät's, aber es gibt zu viele durch und durch schlechte Menschen drauf.

—

Es gibt sehr wenig böse Menschen, und doch geschieht so viel Unheil in der Welt; der größte Teil dieses Unheils kommt auf Rechnung der vielen, vielen guten Menschen, die weiter nichts als gute Menschen sind.

Menschenkenntnis

Die Menschen muß man hassen, ehe man sie kennt, verachten, wenn man sie kennt.

—

Der Mensch hat einen unausstehlichen Scharfsinn —! Das sollte streng verboten sein, es ist ein Eingriff in das geistige Eigentum, wenn einen jemand so durchschaut.

Miete

Werden denn die Hausherren nie von dieser drückenden Forderung abstehen? Ist das Bewußtsein, ein Hausherr zu sein, nicht genug? Muß man auch noch seine Mitmenschen mit'n Zins quälen? Wer sind sie denn, diese Tyrannen, daß wir ihnen zinsbar sein sollen? Wie leicht hätt' die Schöpfung Menschen und Häuser erschaffen können, aber nein, sie erschafft lieber Parteien und Hausherren.

Minderwertigkeitskomplex

Selbstaufopferung war stets meine Force.

Minister

Der ägyptische Josef hat g'schmacht't im Gefängnis,
Da wendet ein Pharaotraum sein Verhängnis,
Sie hab'n ihn hervor'zog'n aus kerkerischer Nacht
Und gleich zum Minister des Innern gemacht.
    Das hab'n d'Leut unerhört
    Für ein Wunder erklärt.
Solche Sprünge g'schehn häufig in neuester Zeit,
Nur machen sie's umgekehrt meistens, die Leut'.
Gleich im Anfang sehn sie sich als Minister ganz hoch,
Man hilft ihnen aus' Traum und 's Finale is 's Loch.
So was nennt man kein Wunder jetzt mehr heutzutag',
Man find't 's ganz natürlich und kein Hahn kräht danach!

Misstrauen

Das Mißtrauen gegen sein eigenes Geschlecht is ein rein menschliches Prärogativ. Wenn der Zufall zwei Wölfe zusammenführt, fühlt gewiß keiner die geringste Beklemmung über das, daß der andere ein Wolf is; aber zwei Menschen können sich nie im Wald begegnen, ohne daß nicht jeder denkt, der Kerl könnt' ein Rauber sein.

Mode

Doch wann ich an mein Schicksal denk', 's is a stark's Stuck,
Da kommt mir die Melancholie wieder z'ruck,
Da tröst' mich ka Frauenzimmer, all's is umsunst,
Denn was d'Weiber red'n, is nur blauer Dunst.
Es zeigt sich im Putz ihr Charakter ja schon,
Es geht nix zusamm', 's is ka Proportion,
Die Manterln tragen s' kurz, s' gehen kaum bis auf d'Knie,
Die Kleider sein wieder um das länger dafür,
Früher konnt' man den halbeten Wadel observieren,
Jetzt haben s' Schlepp, mit die s' orndli die Gassen z'samm'kihrn.
Die Mod', die steht herrlich, besonders wann die Dam'
Im Kot umspaziert mit ein' so großen Bram.
Nur grad solche, die Füß hab'n so plump wie a Bär,
Die gehen allweil mit kurze Kleider daher.
Ja, so was zu sehen, sei es auch nur von fern,
Mit Gewalt muß der Mensch melancholisch da wer'n.

—

Dieses Gewand raubt dir das Edle, das Ätherische; es macht dich punket, es verknirpst den Idealismus, es tötet die Sympathie, indem es Antipathie ins Leben ruft.

Monopol

Gute Nacht? Wo kriegt man s', die guten Nächt'? Ich lass' mir gleich eine holen um tausend Gulden. Auf die guten Täg' haben die Reichen, aber auf die guten Nächt' nur die Glücklichen ein Monopol.

Moralisieren
’s Moralisieren is leicht, wenn man die Welt vom grünen Talgrund aus betrachtet, ich aber schau’ sie vom Gipfel des kahlsten aller Felsen, vom Kulminationspunkt alles Elends an, und in dieser Vogelperspektiv’ haben die bausbackigsten Sentenzen eine hohle, nichtige Gestalt!

Musik, moderne
Wissen S’, es hat halt nix fürs Ohr.

Mythologie
Liebende sind ein Schauspiel für Götter; ich war in mei’m Leben kein Gott, Gott sei Dank, ich hab’s nicht nötig.

N

Nächstenliebe
Die Nächstenlieb’ fangt bei sich selbst an.

—

Ich brauch’ keine Gattin zum Pflegen, ich pflege mich selbst und sehr gut pfleg’ ich mich. Ich bin mein eigner geliebter Gegenstand, ich kajolier’ mich unendlich und spendier’ auch viel auf diese Leidenschaft. Wenn ich so mit mir durch die Stadt geh’ und ’s g’fallt mir was in einer Auslag’, so sag’ ich zu mir selbst: „Na, Natzi, hast ein’ Gusto drauf?“ Dann antwort’ ich mir: „O freilich, das wär’ meine Passion.“ — „Gut, Natzi, sollst es haben“, sag’ ich dann, führ’ mich hinein ins G’wölb’ und kauf’ mir die G’schicht’, so behandle ich meinen Natzi.

—

Die Nächstenlieb’ is mein’ schwache Seiten, wann die lieben Nächsten nicht wär’n, ma wüßt’ ja gar nicht, wem man was antun sollt’?!

Nachwelt

Ich hab' immer wollen für die Nachwelt etwas sein, und man soll bloß für die Mitwelt etwas vorstellen. Der kluge Mann der Gegenwart sagt: „Was hat denn die Nachwelt für mich getan? Nichts! Gut, das nämliche tu' ich für sie!“

Narrheit

Freund, blamier' dich nicht, du kennst die Nation schlecht, die du so mühselig kopierst, wenn du glaubst, daß die Narrheit eine englische Erfindung is. An Narren fehlt's nirgends, aber es sind meistens arme Narren, folglich red't man nicht von ihnen, und dann sind's Narren, die mit einer erbärmlichen Ängstlichkeit sich in den Nimbus der G'scheitheit einhüllen; der Engländer hat das Geld, seine narrischen Ideen zu realisieren, und hat den Mut, seine Narrheit zur Schau zu tragen, darin liegt der Unterschied, von daher stammt das Renommee.

Nationalismus

Nationallehre ist die Koketterie der Völker, vermöge welcher jedes Volk glaubt, das Hauptvolk zu sein, während die andern nur Nebenvölker sind, so wie der einzelne Mensch nur darum jeden seinen Nebenmensch nennt, weil er sich für den Hauptmenschen halt't.

—

Ich hasse alle Redner außer die unsrigen, denn die reden national.

—

Wenn einen kein Mensch versteht, das ist national.

Natur

—.—: Wie nennt man alles Erschaffene mit einem Namen?

—.—: Man nennt es die Natur, und deswegen kann es auch keine Kunst gewesen sein, alles zu erschaffen, denn wenn es ein Kunstwerk wäre, so wär' es keine Natur!

Neugier
Schloß und Riegel sprengt die Neugierd'.

Niederschlagen
—.—: So oft ich ihren Augen begegne, handle ich als Flegel an meinen eigenen.
—.—: Als Flegel an Ihren eigenen Augen?
—.—: Ja, ich schlag' s' nieder.

Nihilismus
Nichts ist das Wahre, weil gar nichts wahr is.

Nostalgie
Die Vergangenheit (ist) mein Kapital, und die Erinnerungen sind die Interessen, die ich verzehre.

O

Ökonomie
Durch Arbeitsamkeit würde sich unser Wohlstand vermehren, aus dem Wohlstand entstünde Reichtum, aus dem Reichtum entstünden höh're Wünsche, aus den Wünschen Unzufriedenheit — nein, du verlockst mich nicht, ich bleib' bei meinem stillbescheidenen tatenlosen Wirkungskreis; ich arbeit' nix!

Opportunismus
—.—: Ich red' immer im Interesse meines Herrn, denn 's Reden kost't nix.
—.—: Aber handeln —?
—.—: Handeln tu' ich im Interesse dessen, der mich besser bezahlt als mein Herr.

Opportunismus
Sie sind vernünftig und wissen, daß die Welt eine apprehensive Dame ist, die selbst für ihre lächerlichen Vorurteile eine Art Verehrung fordert.

Optimismus
Vertraut auf mich, wenn sich die Lage bessert, dann wird alles noch gut werden.

Ordnung
Da tun s' nix als arbeiten, essen, trinken und schlafen — is das eine Ordnung? Da wird nicht an'geign't, nicht aufg'haut, nicht Zither g'schlag'n.

Orthographie
Als Frauenzimmer bin ich erhaben über die Orthographie.

Österreich
Nein, wie wir uns in dem Österreich alle getäuscht haben, das is schauderhaft.

P

Pädagoge
Ich hab' zu viel Erwachsene kennen gelernt, die der Nachsicht bedürfen, als daß ich je mehr gegen die Kinder streng sein könnt'.

Paradies
Man braucht ja nix als Liebe und alles mögliche andere, und die Erde ist ein Paradies.

Paradox

—.—: Eine große Anstellung sucht er!

—.—: Und trotz der Größe kann er s' nicht finden.

—

's kann doch unmöglich schwer sein, was Geringes in d'Höh' zu heben.

Paranoia

Ich hab' Kontrakte abgeschlossen, die ich nicht halten kann, mit Leut', die ich nicht brauchen kann. — Tut das ein Mensch, der bei Verstand is?

Personal

Was meine Frau allweil für saubere Dienstboten aufnimmt —! Das is entweder Vertrauen oder Prüfung oder Sekkatur.

Pessimismus

Das Nützliche mit dem Angenehmen vereinen, wär' wohl eine schöne Sach', wenn's sich nur öfters treffet im Leben — aber leider wachst sich das bisserl Angenehme, was einem unterkommt, statt aufs Nützliche, fast immer nur aufs Unangenehme hinaus.

Pferdesport

Ich reit' gern aus zur Bewegung, ich fahr' gern aus zur Bequemlichkeit, und meine Pferd' hab'n g'wiß nix Fiakrisches an sich — aber wie man alle seine Gedanken und Ideen bloß auf Rosse, Vollblütigkeit und Familienverhältnisse der Pferd' konzentrieren kann, dafür hab' ich keinen Sinn, so leer is weder mein Kopf noch mein Herz, daß ich Stallungen draus machen möcht' —

Phantasie

Nur eine lebhafte Einbildungskraft muß man haben, die muß aber schon verflucht lebhaft sein, nachher is es recht angenehm auf der Welt.

Philanthropie

Sie sind Menschenfreund, ich bin Mensch, folglich sind Sie auch mein Freund, und ein Freund kann schon dem andern mit Geld aushelfen, und daß Sie sehen, daß meine Freundschaft uninteressiert ist, nehm' ich das Geld ohne Interessen.

Philosophie

Oh, er hat Recht, jener populäre Philosoph, wenn er so klar sagt, daß das Sein nur ein Begriffsaggregat mit markierten elektromagnetisch-psychologisch-galvanoplastischen Momenten ist.

Physiognomik

Dem sieht man den Spitzbub'n doch an! O Natur, du bist ein großes Stempelamt!

Playboy

Geld ist kein städtischer Grundsatz. *Interessant* muß der Mann sein, das verlangt man in der Stadt, und die interessanten Männer haben oft das wenigste Geld, im Gegenteil, sie haben Schulden, diese Interessanten, und müssen sich oft aus Interesse verlieben, um ihre Interessen zahlen zu können. Mit einem Wort, wenn ich einen heirat', der braucht weder jung, noch schön, noch reich zu sein, sondern pfiffig; Kopf muß er haben, auskennen muß er sich in der Welt.

Politik

Die Taille, die die Menschheit horizontal in Oben und Unten scheidet, die gilt in der Politik nicht viel, natürlich, weil da alle Augenblick' das Obere unten und das Untere oben is. Die

Blasius Rohr (Graues Haus):
„Euer Excellenz, so ein Ball muß ein Viech' Geld kosten!“

Gaugraf (Tannhäuser):

„Im Venusberg vergaß er Ehr' und Pflicht! —
Merkwürdig, unsereins kommt zu so was nicht!“

Politik kümmert sich nur um die vertikale Teilung, die zwei Seiten bildet, die Linke und die Rechte.

Politiker

Wie der Jonas ins Meer hinein'plumpst is, was geschieht?
Kommt ein Walfisch und schlickt ihn vor lauter Appetit;
Doch er muß ihm nicht g'schmeckt hab'n, 's war ein heikliges Viech.
Nach drei Tag'n gibt er'n ganzen Propheten von sich.
Das hab'n d'Leut unerhört
Für ein Wunder erklärt.
Wir hab'n Politiker jetzt voll prophetische Gab'n,
Die bei all'n, was g'schieht, sag'n, daß sie's voraus gewußt hab'n;
Ohne daß sie wer schlickt, lieg'n s' allen Leuten im Magen,
Was kein Walfisch verdaut, müssen oft Menschen ertragen.
Und man nennt das kein Wunder jetzt mehr heutzutag',
Man find't 's ganz natürlich und kein Hahn kräht danach!

Polizei

Die Polizei kann nicht das wahre Mittel sein gegen 's Stehlen, sonst gäbet's ja schon lang ka Spur mehr von ein' Dieb.

Porträt

„Man soll den Teufel nicht an die Wand malen" — das hat mein Taufgöd zu seinem Freund g'sagt, wie der sein Weib hat porträtieren lassen.

Position

Es kommt weniger darauf an, *was* man leistet, als vielmehr darauf, *wo* man es leistet.

—

Die Stellung in der Gesellschaft macht es zur Pflicht, den Geist zu erweitern und das Herz zusammenzuziehen.

Premiere
Da war's so voll, daß gar kein Mensch hinein hat können.

Prestige
Das ist ja das größe Vorrecht einer Million, daß man damit so dumm daherreden kann, als man will, und doch was gilt.

Privatgelehrter
Er war ein Privatgelehrter, das sind diese rätselhaften Wissenschaftswesen, von denen man nicht weiß, kriegen s' deswegen keine Anstellung, weil sie zu wenig oder weil sie zu viel wissen.

Profit
A Stund' Elend mehr verschlafen, is ja ein offenbarer Profit, den der Arme nicht so in' Wind schlagen soll.

Proletarier
Nach den neuesten Ansichten nennt man uns Proletarier und verbindet damit die zarten Nebenbegriffe von Communist, Aufrührer, staatsgefährlicher Mensch. Es is wirklich curios, wie man die Armut ausstaffiert.

Promiskuität
Ich kann nichts dafür, aber wie mir eine vors Gesicht kommt, gleich keimt Liebe. Ich werde mir das abgewöhnen einmal bei Gelegenheit.

Protektion

Lied

1.

Wär' ich ein Beamter von Geist und Verstand,
Da ging' ich in d'Stadt und blieb' nicht auf dem Land;
Für heraußt bin ich g'scheidt genug, denn es zeigt sich,
Die andern sind alle noch dümmer als ich.

Und bin doch nur Rentschreiber und werd' auch nicht mehr!
Und frage: Worin liegt das ganze Malheur?
Mir fehlt das, ohne was m'r avancieren nicht kann,
Ich hab' ka Bekanntschaft, ka Protektion.

2.

Ich hab' a jung's Weiberl, der hab'n s' schon den Rat
Einmal 'geb'n, sie soll bitten für mich in der Stadt,
Sie hab'n ihr d'Adress' geb'n, dort wohnt der und der,
Der verschafft mir a Stell', gar a gütiger Herr.
Halt, denk' ich, der könnt' sich beleidigt fühl'n recht,
Wann d'Frau kommt statt mir, grad' als ob ich nit möcht';
Ich geh' also selbst hin, zieh' mich wunderschön an,
Es war aber nix mit der Protektion.

—

Mit einem Wort, nur der trifft's, der irgend jemandens Schützling ist, und das hab' ich nie sein wollen, Huld und Gunst hab' ich nie gesucht, nur Anerkennung hab' ich erwartet, und sie ist ausgeblieben.

Provinz

Ein Tausendkünstler hat einmal annonciert, daß er am Schluß der Produktion in eine Champagnerbouteille kriechen wird; glaubwürdige Augenzeugen versichern, daß er nicht hineingekrochen, sondern unmittelbar vor dem Kunststück abgefahren ist; wenn er aber wirklich hineingekrochen wäre in die Bouteille, dann hätt' er drin ungefähr das Gefühl gehabt, was ich hier in Stadt Steyr habe.

Psychiatrie

Eine Strauchen dauert drei Wochen, ein Krampfkatarrh ein Vierteljahr, die Hühneraugen lebenslänglich — und mit dem Gemüt gar! Da is es eine ewige Patzerei — nur wenn man kein's hat, da hat man Ruh' vor dieser Seelengicht.

Psychologie

Man kann keinem Menschen ins Herz schau'n; viel weniger in die Seel', denn die steckt noch hinter dem Herzen.

—

Es ist sehr leicht, ein guter Vater zu sein; guter Gatte, das is schon mit viel mehr Schwierigkeiten verbunden. Die eigenen Kinder sind dem Vater g'wiß immer die liebsten, und wenn's wahre Affen sein, so g'fallen ei'ms doch die eigenen Affen besser als fremde Engeln. Hingegen hat man als Gatte oft eine engelschöne Frau, und momentan wenigstens g'fallt ei'm a and're besser, die nicht viel hübscher is als a Aff'. Das sind die psychologischen Quadrillierungen, die das Unterfutter unsers Charakters bilden.

Punkt, Archimedischer

Das Geld ist der Punkt, den Archimedes suchte, um die Welt zu bewegen.

R

Raison

Raison ist's: essen gehen und abwarten, was derweil g'schieht.

Rauchen

Wie ich nur ein' Zug aus einer Pfeifen mach', so kann man gleich mit pupillarmäßiger Sicherheit aufs Übelwer'n rechnen.

Rechtsweg

Sie projektieren eine Ohrfeige! Schenieren Sie sich nicht! Die Sache geht dann den Rechtsweg und da schlagen Schläg' immer zum Vorteil der Geschlagenen aus!

Rechtsweg

Gerichte können kein Gerücht zum Schweigen bringen.

Regenschirm

Der Mensch soll nie ohne Parapluie sein, es ist die großartigste Waffe, aufgespannt ist es Schild, zugemacht und geschwungen ist es Schwert und, horizontal gebraucht, ist es Lanze.

Reichtum

Die reichen Leut' haben halt doch ein göttliches Leben. Einen Teil vertrinken s', den andern Teil verschnabulieren s', a paar Teil' verschlafen s', den größten Teil verunterhaltens s'! — Schad', ich hätt' zum Reichtum viel Anlag' g'habt; wenn sich so ein Millionär meiner ang'nommen hätt', hätt' mich aus-g'bild't und hätt' mir mit der Zeit 's G'schäft übergeben — aus mir hätt' was werden können.

—

Armut is ohne Zweifel das Schrecklichste. Mir dürft' einer zehn Millionen herlegen und sagen, ich soll arm sein dafür, ich nehmet s' nicht. Und was schaut anderseits beim Reichtum heraus? Auch wieder ein ödes, abgeschmacktes Leben. Langweile heißt die enorm horrible Göttin, die gerade die Reichen zu ihrem Priestertum verdammt, Palais heißt ihr Tempel, Salon ihr Opferaltar, das laute Gamezen und das unterdrückte Gähnen ganzer Gesellschaften ist der Choral und die stille Andacht, mit der man sie verehrt. — Wenn einem kleinen Buben nix fehlt und er is grantig, so gibt man ihm a paar Braker, und 's is gut. Vielleicht helfet das bei mir auch, aber bei einem Bub'n in meinem Alter müßten die Schläg' vom Schicksal ausgehn, und von da hab' ich nix zu riskier'n; meine Gelder liegen sicher, meine Häuser sind assekuriert, meine Realitäten sind nicht zum Stehlen — ich bin der einzige in meiner Familie, folglich kann mir kein teurer Angehöriger sterben, außer ich selber, und um mich werd' ich mir auch die Haar' nicht ausreißen, wenn ich einmal weg bin — für mich is also keine Hoffnung auf Aufrieglung, auf Impuls. — Jetzt hab' ich Tafel g'habt; wenn ich nur wüßt', wie ich bis zu der nächsten Tafel die Zeit verbring'! — Mit Liebesabenteuer? — Mit Spiel —? Das Spielen is nix für einen Reichen; wem 's Verlier'n nicht mehr weh tut, dem macht 's Gewinnen auch ka Freud'! — Abenteuer —? Da muß ich lachen! Für einen Reichen existieren keine Liebesabenteuer. Können wir wo einsteigen? Nein, sie machen uns so überall Tür und Tor auf! — Werden wir über a Stieg'n g'worfen? Nein, Stubenmädl und Bediente leuchten uns respektvoll hinab. Werden auf uns Sulteln gehetzt? Wird was hinabg'schütt't auf uns? Nein, Papa und Mama bitten uns, daß wir ihr Haus bald wieder beehren. — Und selbst die Eh'männer — sind auch meistens gute Leut'. Wie selten kommt eine Spanisch-Rohr-Rache ins Spiel? Die korsische Blutrache liegt gar ganz in Talon. Wann hört man denn, daß ein Eh'mann einen Kugelstutzen nimmt und unsereinem nachschießt? Ja, anreden tun s' ein', daß man ihnen was vorschießt. Das is die ganze Rache! Wo sollen da die Abenteuer herkommen? Man is und bleibt schon auf fade Alletagsgenüsse reduziert, die man mit Hilfe der Freundschaft hinunterwürgt. Das is noch das Schönste, über Mangel an Freunden darf sich der Reiche nicht beklagen. Freunde hab' ich und das, was für Freunde! Den warmen Anteil, den sie nehmen, wenn s' bei mir essen, das heiße Mitgefühl, wenn s' mit mir z'gleich einen Punschdusel kriegen, und die treue Anhänglichkeit! Ob einer zum Losbringen wär'! — Keine Möglichkeit! Ich bin wirklich ein beneidenswerter Kerl, nur schad', daß ich mich selber gar nicht beneid'! —

Reiz

Weib, teile mit diesem Gesicht Paradiese aus, und du wirst wenig Käufer finden.

Relativität

Tausend Gulden! Wie viel Millionen sind denn das für einen Armen, der vor Hunger lebenssatt war!

Resignation

Es wird sich geben, es muß sich geben, es hat sich alles noch auf der Welt gegeben.

—

Es is immer eine sonderbare Empfindung, wenn man als so Alter ein kleines Kind betracht't; unwillkürlich kommt einem die Idee, wie schad' es is, daß man auf die Welt kommen is. Ich sag' immer, man richtet's viel leichter, wenn man gar nie dagewesen wär'.

—

Die edelste Nation unter allen Nationen is die Resignation.

Restauration

Nach Revolutionen kann's kein ganz richtiges Strafausmaß geben. Dem Gesetz zufolge verdienen so viele Hunderttausende den Tod — natürlich, das geht nicht; also wird halt einer auf lebenslänglich erschossen, der andere auf fünfzehn Jahr' eing'sperrt, der auf sechs Wochen, noch ein anderer kriegt a Medaille — und im Grund haben s' alle das nämliche getan.

Reue

Dafür is ja eben 's Heirat'n erfunden, daß's nix mehr nutzt, wenn's einem reut; wenn die Reue nicht wär', wär' ja die Liebe genug.

Revanche

Mein Hirn sitzt schon als alte Bruthenn' auf dem Basilisken-Ei der Rache.

RHETORIK
Ich brauch' keinen Verstand, denn ich hab' das Herz auf der Zungen.

—

Die Beredsamkeit is der Schneider, der die Gefühle in Worte kleiden soll, ich hab' aber den Schneider nicht, darum haben meine Gefühle nix anz'legen, und Gefühle, die nix anz'legen haben, die kann man nicht herzeigen vor d'Leut', man muß sie immer verschließen.

RÜCKSICHTSLOSIGKEIT
Wo man hinschaut, gibt's Liebhaber ohne väterliche Beistimmung, ohne Harmonie mit den erwachsenen Kinderwünschen, Herzensneigungen ohne Realisierungsmagen!

S

SAFARI
Da sollte man in Afrika, damit nicht so viel Unglück geschieht, eine allgemeine Ausstopfung der reißenden Tiere von Amts wegen anbefehlen.

SAPPHO
Liebe muß auf zwei sich gegenüberstehende Achtungen gegründet sein. Könnte die Frau einen um Kost und Quartier, Leib'skleidung und Rekreationsgeld Liebe versprechenden Mann achten? Könnte der Mann eine solche Frau achten, die einen solchen Mann achten könnte, der eine Frau achten würde, die ihn nicht achten kann, weil er sie nicht achten könnte, ohne in der Achtung seiner Frau zu verlieren? Ich und eine reiche Witwe, das wär' grad so, als wie die poetische Gutsbesitzerin, von der s' a Stuck aufführen — Sappho hat s' g'heißen — die sich aus dem damaligen Circus gymnasticus

einen griechischen Tagdieb nach Haus 'bracht hat. Selbstmord war der weltbekannte Ausgang dieser Histori — sie hat sich ins Wasser g'stürzt und er hat sich ins Stub'nmadl verbrennt.

Satire

—.—: Die Menschen lachen gerne.

—.—: Das wohl, wenn aber einer nach dem andern merkt, daß er bei die Satiren über sich selber gelacht hat, das bildet eine Masse, die einem's bitter nachtragt.

Säuglingspflege

—.—: Sagen S' mir nur, Herr Doktor, warum denn die Wieg'n abgekommen sind; ich glaubet halt, es wär' gut, *den* beizeiten ans Schaukeln zu gewöhnen, der sich auf den stürmischen Wogen des Lebens bewegen soll.

—.—: Das Schaukeln wirkt erschlaffend auf die Organe des Gehirns.

—.—: Dann haben Sie medizinisch recht, aber politisch, zur Erzeugung der Stumpfheit, wär's gar nicht übel.

Schadenfreude

Die Würze jeder Freude is ja die Dosis Schadenfreude, die dabei ins Spiel kommt. Hab' ich ein Geld, so g'freut's mich, aber das Pikante daran is, daß andere kein Geld haben. Hab' ich eine Equipage, so g'freut's mich, aber das Interessante dabei is, daß andere z'Fuß gehn müssen. Hab' ich eine Geliebte oder ein Weib, so g'freut's mich, aber die Pointe is doch das, wenn mich andere drum beneiden. Drum, eine Geliebte, die nicht einen andern sitzen laßt wegen mir, so daß sich der andere halbtot kränkt, die könnt' mich gar nicht glücklich machen.

Schaden und Spott

Das is der Hausbrauch der Welt: wenn man eine sitzen laßt, dann sagt man: „Die dumme Gans!" — das is eine der schönsten Anmerkungen des Setzers.

Schaf

Die Schaf', wenn s' fromm sein, gehn viele in einen Stall, und wenn's donnert, stecken s' die Köpf' z'samm'; sonst ist an ihnen nichts Bemerkenswertes.

Schauspieler

„Wenn nächsten Sonnabend Ihre Darstellung als Franz Moor keine anziehendere ist" — O du Viechkerl von ei'm Direktor, solche Bösewichter soll man anziehend darstellen! Das Laster muß abschrecken, und von mir zur Anschauung gebracht, kriegt es noch eine Extra-Widerwärtigkeit; die Kunst darf keine Apotheose der Halunkerei sein.

—

Is denn das a Sünd', wenn der Mensch a Akteur ist?

Scheinheiliger

Er ist ein Scheinheiliger und das waren von jeher kuriose Heilige. Die Maler können's nie verantworten, daß sie so viele wahre Heilige mit einem „*Schein*" auf die Bilder malen.

Schicksal

Es ist etwas Prächtiges, das Schicksal zu sein, man tut rein gar nichts, und am Ende heißt es bei allem, was geschieht, das Schicksal hat es getan.

—

's Schicksal is ein arabischer Partikulier, wir sein seine Kamel', denen er die Lasten auf'n Buckel legt.

—

Es is wirklich Luxus vom Schicksal, daß es Pfeile schleudert; an seinen Fügungen sieht man ohnedem, daß es das Pulver nicht erfunden hat.

—

Aus der Urne des Schicksals werden die Lose des Menschen gezogen; wenn ich den Buben beuteln könnt', der das meinige gezogen hat, — ich tät's.

Schicksal

Wär' er nicht so reich, hätt' sie ihn nicht geheirat't; wär' er nicht so dumm, hätt' er sie nicht geheirat't; so aber is beides der Fall, er hat Reichtum und Dummheit gesät, hat also müssen eine sekkante Gattin ernten. So schafft man sich selber sein Haus-Nemesiserl zur Privat-Marterei und arbeitet so der großen Nemesis in die Händ', daß sie nicht den Kredit der Gerechtigkeit verliert.

—

Wirklich, bei mir is's schad', daß mich das Schicksal nicht auf einen höhern Posten gestellt hat, denn ich bin nicht jung, ich bin nicht schön, ich bin nicht reich, ich bin bloß Verstandesmensch.

Schiller

Die Schillerischen Stück' haben alle durch die Bank einen schlechten Schluß. Z. B. nehmtn wir den Don Carlos! „Ich habe das Meinige getan, tun Sie das Ihrige." Ist das ein Ausgang für ein honettes Stück? Nach meiner Bearbeitung heiratet der Don Carlos die Prinzessin Eboli, Herzog Alba macht den Brautführer, und die Marquise von Montican, die sie im zweiten Akt nach Frankreich fortschummeln, die kommt als Kranzeljungfer zurück. Das ganze schließt dann mit einem fröhlichen Auto-Kaffee. —

Mit dem „Wallenstein" ist's nämlich so: Seine letzten Worte sind: „Ich denke einen langen Schlaf zu tun." — Das ist so was Fades, da muß das Publikum einschlafen, es mag wollen oder nicht. Bei mir reitet der Wallenstein am Schluß in Wien als Courier ein und bringt's Extrablattl, daß die Schweden geschlagen sind. Das ist doch ganz ein anderer Ausgang! Und im „Fiesko", das möcht' ich wissen, für was kommt denn eine Verschwörung vor, für was denn die Dummheiten? Nach meiner Bearbeitung bleibt die Verschwörung ganz weg und das Stück schließt mit der Privatkomödie, die der Fiesko gibt, wobei sich die Familien Doria und Lavagna ungeheuer blamieren.

— So wird doch der Schluß komisch; da müssen die Stück' einen Effekt machen.

—

„Die Jungfrau von Orleans" — Das ist nix. Die Zeiten des Aberglaubens sind jetzt vorbei.

SCHLAGFERTIGKEIT

—.—: Ich muß Ihnen sagen, ich hab' eine ungeheure Grobheit bei mir.

—.—: Wollen Sie 's wechseln? Ich geb' Ihnen drauf heraus.

SCHLAGWORTE

Ich spende in der Regel nie physische Püffe, ich halte es mit den geistigen Hieben, und diese auszuteilen geben uns die lieben Mitmenschen Gelegenheit im Überfluß. Da glauben die meisten, zum Schlagen braucht man einen Stock, eine Reitgerte oder die Hand; weit gefehlt. Die eigenen Worte des Menschen sind das, womit man sie am triftigsten schlagen kann.

—

In der neuen Zeit zankt man sich doch nur mit Worten,
In der alten sag'n s' nix, sondern tun ein' ermorden.
In der neuen Zeit beuteln s' ein' höchstens beim Schopf,
In der alten verbrennen s' ein' d'Burg über 'n Kopf.
Man schlieft durch die Erden fort grad wie a Maus —
Bedank' mich, da bringt man sein Geld nicht heraus.

SCHLOSSER

Ich hätt' sollen ein Schlosser werden, aber wer Sinn fürs Freie hat, hab' ich mir denkt, der kann kein Talent zu Schloß und Riegel haben.

Schmeicheln

A bisserl schmeicheln, transeat! — Aber gar z' dick auftragen, das is schon a glatte Impertinenz mit ein' g'stickten Überzug. Der Teufel möcht' reich sein, wenn man sich den ganzen Tag müßt' hudeln lassen, lobgehudelt is auch gehudelt.

Schneider

Ich hätt' sollen ein Schneider werden, da hab' ich mir aber denkt: Zugrund' gehn kann wohl jeder Mensch, aber gerade durch die zugrunde gehn, die man kleidet, deren Blöße man bedeckt, dieser Undank muß zu schmerzlich sein, und ist doch das allgemeine Schneiderlos.

Schriften

Drei Schriften gibt's, wo ein Messerschmied Millionär wurd', wenn er Radierklingen dafür erfinden könnt'. Die eine Schrift is die, die einem die Natur auf die Stirn' geschrieben — die andere die, die einem die Lieb' ins Herz — und die dritte, die man sich selber hinter die Ohren schreibt.

Schriftsteller

Federkauen, das ist die naturgemäße Nahrung für einen Schreiber, dann kann er sagen, daß er von der Feder lebt; und wenn er auch verhungert, macht nichts, es leben noch immer zu viele, die schreiben.

—

—.—: Er betreibt ein stilles, abgeschiedenes Geschäft, bei dem die Ruhe das einzige Geschäft ist; er liegt von höherer Macht gefesselt, und doch ist er frei und unabhängig, denn er ist Verweser seiner selbst — er ist tot.

—.—: Wie verschwenderisch er mit zwanzig erhabenen Worten das sagt, was man mit einer Silbe sagen kann! Der Mensch hat offenbare Anlagen zum Literaten.

—

Wenn ich auch nichts von der Schriftstellerei weiß, von die

Schriftsteller weiß ich desto mehr. Ich darf nur ihre Sachen göttlich finden, so sag(en) sie gewiß: „Ah, der Mann versteht's — tiefe Einsicht — gründliche Bildung!“

Schuld

Wenn Liebe eine Schuld sein könnte, so könnt' man s' auf einem Dreißigkreuzerstempel verschreib'n, man könnt' s' zedieren, exequieren, ratenweise abtragen, wenn s' ei'm auf einmal zuviel is. Es liegt wirklich ein kühner, überg'würzg'wölblicher Materialismus drin, dem poetisch'stem aller Gefühle zuzumuten, daß es nach der juridischen Paragraphenpfeife tanzen soll.

Schulden

Er hat eine Ohrfeigen von mir, die wird er mir z'ruckgeben wollen — solche Schulden sind die einzigen, die so ein Kerl zahlt —

Schule

Die Welt is die wahre Schule, denn da lernt man alles von selbst. In der Schul', da muß man die Lektionen aufsagen, sonst is man dumm; wenn man aber in der Welt eine tüchtige Lektion kriegt, so muß man still sein, und gar nix dergleichen tun, dann is man g'scheit! In der Schul' wird man alle Tag' verlesen, in der Welt, wenn man da einmal verlesen is, so is es genug auf ewige Zeiten. In der Schul' muß man ruhig sein, in der Welt is es just gut, wenn man recht viel Lärm macht; in der Schul' hab'n s' extra eine Eselbank, in der Welt sind die Eseln auf allen Plätzen zerstreut. Drum herrscht auch nur in der Schule diese Indiskretion, daß s' ei'm sagen können: „Marsch, auf die Eselbank!“ In der Welt, wenn ich da in ein Gasthaus oder in ein Kaffeehaus gehn werd', riskier' ich das nicht. Oder wenn ich in ein Theater geh', da kann kein Sitzaufsperrer zu mir sagen: „Ich bitt', Sie sind ein Esel, Sie g'hör'n auf diese Bank!“ Das geht nicht.

Schule

—.—: Du vernascht auch jeden Kreuzer, den du hast.

—.—: Wie haltet man denn sonst die vier Stund' aus in der Schul'? Ja, die Ausbildung der Kinder kost't Geld, umsonst ist der Tod.

Schwärmerei

Das Schwärmerische war nicht der echte Sternenauf- und Überschwung der Liebe; meine Schwärmerei war immer eine mühsam herausg'mauste Resignation, eine Melancholie mit Flinserln, eine düstre Novemberallegorie mit einem falschen Maibuschen in der Hand.

Schwimmlehrer

Der Mensch in jedem Stande ist ein Schneiderprodukt, denn das Kleid macht den Mann, nur beim Schwimmeister is das nicht der Fall. In jedem Stande is der Mensch verloren, wenn ihm 's Wasser ins Maul lauft, nur beim Schwimmeister is das nicht der Fall. Jeder Professor hat etwas Trockenes an sich, nur beim Schwimmeister is das nicht der Fall. Jeder Kunst macht man den Vorwurf, daß sie nach Brot geht, die Schwimmkunst allein geht rein nach Wasser —

Selbsterkenntnis

„Homo sum", sagt der Lateiner, das heißt auf deutsch: „Ich bin ein Viehkerl."

Selbstgenügsamkeit

Nein, Leut' gibt's, daß man sich zu Tode ärgern möcht'! — Aber wegen was gift' ich mich denn über die andern? Ich hab' an mir selbst Stoff genug dazu.

Selbstironie

Um andere für einen Narr'n zu halten, braucht man nix als Leut', die einem an Dummheit übertreffen; um aber mit Vorsatz sich selbst für ein' Narren zu halten, muß man sich selbst an G'scheitheit übertreffen.

—

Wann man sich so recht selber für ein' Narren halt't, dann maust sich der Geist doch insoweit heraus, daß er fähig is, wieder eine Achsenumdrehung der Erde zu verknusen.

Selbstmord

Dann sagen s' wieder, die Weltverleumder, wenn's schön wär' auf der Welt, gäbet's nicht so viel Selbstmörder, die sich 's Leben nehmen. Mein Gott, die paar machen's nicht aus; es gibt weit mehr Selbstmörder, die sich 's Leben nicht nehmen, die sich grad durch das umbringen, daß s' z'lang auf der Welt bleiben; das is doch ein klarer Beweis, daß 's ihnen da g'fallt.

—

Es gibt wohl viele, die ganz stolz den Selbstmord eine Feigheit nennen, sie sollen's erst probieren, nachher sollen s' reden!

Selbstsicherheit

Ich mir einen Vorwurf machen? Nicht im Schlaf! Ich bin vollkommen einverstanden mit mir selbst, ich bin mein dankbarstes Publikum, mir g'fallt alles an mir, ich applaudier' mich nach jeder Szene meines Lebens, ich ruf' mich alle Augenblick' heraus, und was mir b'sonders g'fallt, lass' ich einigemal durch mich repetieren.

Sentimentalität

Das zarte Sehnen und das süße Hoffen is schon fabelhaft!

Seufzen

Verheiratete seufzen immer tiefer als die Ledigen.

Specht (Gaukler):
„Ich hab' 20 Jahre practiziert, und jetzt bin ich ein Bajazzo word'n."

Frau Maxl (Hausmeisterin):

„Ich weiß, wie mir war mit 19 Jahren; 's Heirathen war noch mein einziger Trost."

Sklaverei

Der Diener ist Sklav' des Herrn, der Herr Sklav' des Geschäfts. Erhaben ist die zweite Sklaverei, aber so biglem mit Genuß begabt als wie die erste. —

Sophistik

—.—: D'Madln hab'n mich alle ausg'lacht, weil ich so schlecht deklamiert hab'.

—.—: Wer sagt denn das? Sie sein in Berücksichtigung verschiedener Gedächtnisverhältnisse beim ersten Vers stecken 'blieben und haben dann die andern aus bescheidener Konsequenz verschwiegen, ja, das is ja noch nicht schlecht deklamiert.

—

Wie doch die Frauen immer nach dem Schein urteilen! Willenlose Handbewegung, unabsichtlicher Dienstbot', zufällige Durchkreuzung der Handbewegungslinie durch die übers Zimmer schusselnde Dienstbotenwange — da muß man nicht gleich eine Intention drin suchen wollen.

—

Wenn's drauf ankommt, eine Geliebte zu betrügen, da ist der Dümmste ein Philosoph.

Sozialhierarchie

Gerechtigkeit hat das Schicksal keine, das is was Altes, aber doch so eine Art Ausgleichungssucht, die manchmal bis zur Ironie ausartet; darunter gehört auch die Anordnung, daß es die am tiefsten Herabgekommenen in die höchsten Bodenkammerln hinauf verweist.

—

Bei der Lieb' muß man die Augen niederschlagen, und da geschieht's denn leicht, daß sie auf einen Gegenstand fallen, der unter einem ist.

Sozialhierarchie

—.—: Sie muß von ihrer Höhe auf ihn herabkokettiert haben, sonst wäre es nicht denkbar —

—.—: Mein Gott, die Liebe mit ihrem Egalisierungsprinzip —

—.—: Eine Meisterstochter und ein G'sell' —

—.—: Die Praxis hat noch größere Abstände aufzuweisen. Was hat die Libussa für ein subordiniertes Verhältnis g'habt und wie oft sind Feenköniginnen von ganz ordinäre Nympherer geliebt worden!

Sozialkritik

Sie sagen: Wer nicht arbeit't, der soll auch nicht essen, und wissen gar nicht, wen Sie allen mit diesem Ausspruch zum Hungertod verurteilen.

—

Wenn Müßiggang aller Laster Anfang ist, so seh' ich nicht ein, warum gerade die arbeitende Klasse schlecht sein soll.

Sozialpartnerschaft

Die Vorsehung hat mit die Reichen, mit die Glücklichen zu viel zu tun, für die Armen bleibt ihr ka Zeit.

—

Morgenstund' hat Gold im Mund, ist für die Prinzipals gesund, doch richtet s' die Kommis zu Grund.

—

Herrn gibt's nur, solang's Bediente gibt; ohne Bediente sinkt jeder Herr zum Stiefelputzer seiner selbst herab.

—

Wir Menschen sein auf der Welt, einer dem andern zu helfen. Ich brauch' eine Arbeit und der Meister braucht Leut', die arbeiten, also nimm mich der Meister in Dienst, so is uns allen zwei'n g'holfen.

SOZIALPARTNERSCHAFT
Will die Herrschaft redlich bedient sein, muß sie uns immer auf'n Hals haben, und ihre Geheimnisse und Angelegenheiten sind unserer Diskretion überlassen.

SPEKULATION
Männer sind immer zu Füßen, wenn sie auf a Hand spekulieren.

SPEZIALAUSBILDUNG
Ich hab' ein' Ziegeldecker gekannt, der wie eine Katz' herumg'stiegen is auf die höchsten Dächer, und beim Nachhausgehn is er fast täglich auf'n ebenen Boden g'fallen; ich hab' einen öffentlichen Redner 'kennt, der hat sich z'Haus ka Wort z'sagen 'traut — ich hab' einen Sesseltrager 'kennt, der hat die dicksten Herren g'tragen wie nix, und seine hagere Gattin war ihm unerträglich — mit ei'm Wort, das menschliche Talent is meistens nur in einer speziellen Richtung ausgebildet.

SPIELEN
's Komödispiel'n is aber keine Kunst, es is eine reine Komödispielerei.

SPIESSBÜRGERLICH
Genial ist nur die Ledigkeit, Heirat ist Spießbürgerei.

—

Allein durch die Welt gehen ist keine Kunst, ich tue es aber mit faktischer Gattin und problematischer Deszendenz. Das verleiht der spießbürgerlichen Heirat das Diplom der Genialität.

SPIONAGE
Spionieren ist eine schöne Sache, man verschafft sich die Genüsse des Diebes und bleibt dabei ein ehrlicher Mann.

Spiritismus

Mich hat ein Schwärmer von Profession versichert, das Reizendste is das, wenn von zwei Liebenden eins früher stirbt und erscheint dem andern als Geist. Ich kann mich in das hineindenken, wenn sie so dasitzet in einer Blumennacht am Gartenfenster, die Tränenperlen vom Mondstrahl überspiegelt, und es wurd' hinter der Hollerstauden immer weißer und weißer und das Weiße wär' ich — gänzlich Geist, kein Stückerl Körper, aber dennoch anstandshalber das Leintuch der Ewigkeit über'n Kopf — ich strecket die Arme nach ihr aus, zeiget nach oben auf ein' Stern, Gotigkeit: „dort werden wir vereinigt" — sie kriegt a Schneid' auf das Himmelsrendezvous, hast es nit g'sehn, streift die irdischen Bande ab, und wir verschwebeten, verschmelzeten und verschwingeten uns ins Remonblaue des Nachthimmels — ach ja — das kann sehr schön sein; aber ich bin doch zu wenig Geist dazu, um den wahren Genuß herauszufinden, und extra deßtweg'n a Geist werd'n, da laßt sich der Zehnte nicht drauf ein.

Sprache

Von Schmeicheleien kann da nicht die Rede sein, wo die Wahrheit bei der knickrigen Sprache vergebens um Ausdrück' bettelt.

Statistik

Unter hundert Einwohnern gibt es immer einen Geizhals, fünf Säufer, einen Gelehrten, fünf Gescheite und achtundachtzig Verliebte.

Status, sozialer

Du bist reich und dumm, da gibt's eigentlich nix Unverzeihliches.

—

O, es is ein bitteres Gefühl, wenn man oft so hungrig is, daß man vor Durst nicht weiß, wo man die Nacht schlafen soll!

Stereophonie

Insofern Mann und Weib ein Leib sind, können auch beide zugleich reden.

Steuern

Weh' dem, der heutzutag' zum Mittelstand gehört, denn das is der eigentlich Gebrandschatzte. Der Arme, der nix hat, der behält das Seinige, und der ganz Reiche, der tut sich nicht weh'.

Strafrechtsreform

Ein Kerker von jetzt is ja nit wie a Kerker von ehmals; auswendig rauhe Strenge, inwendig nix als Humanität, das is grad so, als wenn ein lodener Geperneck a seidenes Futter hat.

Strafvollzug

—.—: Fangen S' nicht wieder zu schimpfen an! Der Testamentsexekutor hat Ihnen schon einmal als Verleumder einsperren lassen —

—.—: Und glauben Sie, ich hab' seitdem nicht hundertmal ärger g'schimpft? O, wie wenig kennen Sie die Wirkung des Arrestes.

Studieren

Ich habe Ihren Vater, ehe er in die Residenz zog, oft gewarnt, Sie nicht studieren zu lassen. Doktor Faust ist auch ein Student gewesen. Nichts führt leichter auf Abwege als zu großer Durst nach Wissenschaften.

—

Lied

1.

Zum Lernen und Studier'n könnt' mich gar nix beweg'n,
Ich bin einziger Sohn und d'Mama hat Vermög'n,
Zu was wär' das gut, wann ich 's Hirn mir anstopf',
Nur wer wenig im Sack hat, der braucht viel in Kopf.

Auch finden an d'Gelehrten die Mädln kein' G'schmack,
Ein Esel mit Geld steckt fünf Newton in Sack,
Professors, die in Disputationen brillier'n,
Quäl'n sich jahr'lang, ei'm Madel was aufz'disputier'n,
Mit Brillanten und Brass'letten geht alles in ein' Tag,
Drum sag' ich: 's Studier'n is a unnöt'ge Plag!

2.

Als Bub' hab'n s' mir beibringen woll'n d'fremden Sprachen,
Hab'n mich aber nicht dran 'kriegt mit die faden Sachen,
Zu was Französisch lernen, die Müh' is so groß,
Wenn ich Taler herzeig', versteht's jeder Franzos;
Meine Wünsch' tut a Russin, a Türkin erraten,
Ich brauch' nur so umz'scheppern mit die Dukaten;
Und kommt man in Not und muß zu die Leut' gehn,
Um a Geld sie anz'reden — o nein, da verstehn
Die wenigsten Deutsch, g'schweig'nst erst sonst eine Sprach',
Drum sag' ich: 's Studier'n is a unnöt'ge Sach'.

—

Wenn's Geld vom Studier'n käm', da könnt's keine armen Gelehrten und keine reichen Stockfisch' geben.

Subjektivität

Nicht auf den Gegenstand, sondern auf das spielende Subjekt kommt es an, ob die Unterhaltung eine unschuldige is. Mein Vater hat in seiner Bubenzeit Scharfrichterskinder g'sehn, die haben sich a Schaffottbrettl über a alte Folterbank g'legt und haben sich drauf gehutscht.

Subvention

—.—: Theater? Is das nicht eine freie Kunst?

—.—: O ja, so frei, daß sie nicht bestehen kann, wenn sich niemand drum annimmt.

Surrogat

Das wär' sehr traurig, wenn der Unbedeutende nicht auch Anspruch auf ein braves Mädl hätt'; und bei diesem Anspruch bescheiden sein, wär' eher eine Niederträchtigkeit als eine Tugend. In gar vielem kann und soll sich der Mensch behelfen, sich mit dem Minderen begnügen, wenn er 's Bessere nicht haben kann. Wer's auf kein' Paperl bringt, der spendiert sich zwei Laubfrösch' vors Fenster, — wer kein'n Kammerdiener hat, kauft sich ein' Stiefelknecht um sechs Groschen, — wer nicht als nobler Kridatar auf seine neugekaufte Villa in d'Schweiz kann fahren, der geht dem Schuster mit a paar Juchtene durch, — wer eine Neapelreis' z'kostspielig find't, um den feuerspeienden Vesuv zu sehen, der schaut sich um a zornige Kräutlerin um, — kurz, für alles hat der Geringere ein Surrogat und kann das Echte dem Höhern überlassen; — aber was den Punkt der Familienehre betrifft, da steht der Unbedeutende dem Größten gleich und hat ebensogut das Recht, das Makelloseste zu begehren.

T

Taktik

Wenn man verstimmte Frauen, notabene solche, die nicht auf Präsenten anstehen, umstimmen will, so g'hören zwei Stimmschlüsseln dazu: der eine heißt imponieren, der andere niederknien.

Tanzen

Wozu tanzt der vernünftige junge Mann — denn ein alter tanzt nicht, wenn er vernünftig is — tanzt also der junge Mann, um durch eine verrückte Herumhüpferei eine ordentliche Bewegung zu ersetzen? Gewiß nicht, denn das wäre unvernünftig. Tanzt er, um Grazie zu zeigen? Gewiß nicht, denn wenn er Grazie hat, is er kein Mann; dem Manne is nur der

Anstand plazitiert, und den zu zeigen, muß er bessere Gelegenheit finden als eine Quadrille. Es wird gewiß niemand daran zweifeln, daß die Ballettänzerinnen Frauenzimmer sind, und zwar comme-il-faut — aber zu der Idee sich aufzuschwingen, daß ein Ballettänzer ein Mann is, da g'hört viel dazu. — Keine Absprüche! — Also, wozu tanzt der Vernünftige? — Er tanzt, weil Musik und Ballgeräusch vollkommen die stille Einsamkeit ersetzen, in der man unbelauschte Worte flüstert, weil in gewissen Walzer- und Quadrille-Momenten der strahlende Ball zur schattigen Laube wird, in der man an Wesen, welche Einsamkeit und Laube fliehen würden, die erste Annäherung riskieren kann.

TARIFVERHANDLUNGEN

Wenn man die Nachsicht des gereizten Armen braucht, soll man ihn am wenigsten erinnern an die angeborne Feindschaft zwischen arm und reich.

TÄUSCHUNG

Am End' können die Leut' merken, was sie wollen, wenn s' uns nur anfangs für was halten.

TELEGRAFIE

Der Telegraph is grad' so geduldig als 's Papier.

TERROR

—.—: Sei meine Geliebte, sag' ich, oder ich tu' dir alle möglichen Grobheiten an.

—.—: Das wäre eine ganz neue Manier, Herzen zu erobern.

THEATER

Eine gute Bühne ist nämlich die, wo in jeder Loge ein Millionär und auf jedem Fauteuil ein Kapitalist sitzt; da hat man doch Hoffnung, die sich dann und wann zur Möglichkeit, manchmal sogar bis zur Aussicht steigert.

Theaterkrise

1.

In mancher Familie lachen d'Töchter beständig,
Auch die Söhn' sein fidel, wie die lachen unbändig,
Die Mutter, der Vater, von fruh bis auf d'Nacht,
Lachen eins über das, was das andere macht,
Und die Dienstleut', die lach'n ihr' Herrnleut' brav aus:
Das Lustspiel nimmt gar kein End' in so ein' Haus!
Doch a andre Famili trifft des Schicksals Hand schwer,
Drei Töchter — und a jede hat a eig'nes Malheur!
Zwei Söhne, wo keiner ein' Kreuzer erwirbt,
Der eine wird Lump und der bravere stirbt.
Der Vater voll Schulden wird zum Menschenhasser,
Hat kein Geld auf ein' Wein mehr, drum rennt er ins Wasser.
Und fürs Geld in ein Trauerspiel gehn sollt' der Mann?
Für ein Freibillett tät' er ein' Grobheiten an!
So tut 's in Privatleb'n zugehn!
Ja, da kann kein Theater bestehn!

2.

's gibt Eh'leut', die hab'n sich so überhaps gern,
Und im Grund tut sich doch keins ums andre viel scher'n.
Bald steckt sie in Intrig'n, bald kommt er in a Wäsch',
All's, was s' reden und tun, is halb deutsch, halb französch.
Oft sein s' sentimental, und hab'n doch ka wahr's G'fühl,
Solche Leut' sind ja selbst ein lebendig's Vaudeville!
In ein' andern Haus hab'n s' ein' Sohn, einen großen,
Der nix lernt, teils sich selbst, teils den Eltern zum Possen;
Der Mann sagt: „Madame, ich komm' heut' nicht nach Haus!"
Und sie tut ihm den Possen und macht sich nichts draus;
Die Frau wünscht den Mann a paar Stunden weit weg,
Jetzt tut er ihr den Possen und geht nicht vom Fleck!
Täten solche Leut' Possen anschau'n, wär' das klug?
Sie spiel'n sich ja Possen z'Haus mehr als genug!
So tut 's in Privatleb'n zugehn,
Ja, da kann kein Theater bestehn!

3.

Ein Mann darf nix reden, sonst nimmt's die Frau krumm,
's tanzt ihm d'ganze Famili auf der Nasen herum,
Der Frau ihre Macht immer mehr um sich greift,
Der Mann muß rein tanzen, so wie die Frau pfeift,
Sonst macht s' ihm ein' Tanz, daß 's Hör'n und Sehn ihm vergeht,
So a Mann hat ja 's ganze Jahr z'Haus sein Ballett!
Das Mädl muß den heiraten, ein'n andern hatt' s' gern,
Da wird sie Lucia, tut wahnsinnig wer'n!
Den Mann lassen d'Gläubiger einsperr'n aus Grimm,
Seine Frau als Fidelio drängt sich zu ihm.
Um eine Vestalin steigt a Don Juan herum,
Ihr Geliebter is Othello, der bringt s' völlig um!
Solche Leut' geb'n für d'Oper kein' Kreuzer Geld aus,
Sie hab'n deutsche und wällische Oper zu Haus!
So tut 's in Privatleb'n zugehen,
Ja, da kann kein Theater bestehn!

THEOLOGIE

Der Mensch is das Wesen, welches die oberste Stufe in der sichtbaren Schöpfung einnimmt, welcher sich sogar für das Ebenbild Gottes ausgibt, worüber sich jedoch Gott nicht sehr geschmeichelt fühlen dürfte.

TOD

Wir sind alle Delinquenten, die der Scharfrichter Tod mit dem Rad der Zeit zerschmettert.

—

Ja, Tod, du bist eine eigene Sache, du Tod, du! — Schauerlich durch Rätselhaftigkeit, und wärst vielleicht noch schauerlicher, wenn das Rätsel gelöst wär'; aber die Würmer können nicht reden, sonst verrateten sie's vielleicht, wie gräßlich langweilig dem Toten das Totsein vorkommt.

Tod

Bei jeder Trennung, folglich auch beim Tod, ist der zurückbleibende Teil immer übler dran. Das Scheidende divertiert sich an der Novität des Himmels, der Zurückbleibende muß sich mit längst geschmeckten irdischen Freuden behelfen — es is gar kein Verhältnis.

—

Das Lügen is eine Erfindung von und für Lebendige; im Tode muß Wahrheit sein, schon deßwegen, weil er der Gegensatz vom Leben is.

Tourismus

Die erste Reis' in mein' Leben, die wär' jetzt vollbracht,
Und was hab' ich all's für Erfahrung gemacht!
In ein' Wirtshaus hat uns der Kellner betrog'n,
Im andern war'n d'Betten nit weiß überzog'n,
In ein Gasthof war'n z'rissne Salveter am Tisch,
Im andern war'n d'kälbernen Schnitzel nit frisch,
Ja, so was erlebt man halt selten zu Haus,
Drum, 's Reisen, das bildet den Menschen erst aus.

Menschenkenntnis erwirbt man sich nur auf der Reis',
Was ein' da all's vorkommt, das ist aus der Weis',
Ein' Müllner hab'n wir g'sehn, der verkauft müchlet's Mehl,
Der Charakterzug ist wirklich originell,
In Buxtal hab' ich mit einer Schmiedin scharmiert,
Der ihr Mann hat bei d'Ohrwascheln mich weiter g'führt;
Ja, so was erlebt man halt selten zu Haus,
Drum, 's Reisen, das bildet den Menschen erst aus.

Tragödie

Die Eh' ist auf jeden Fall ein Trauerspiel, weil der Held oder die Heldin sterben muß, sonst wird's nicht aus.

Tränen

Mit'n Lachen hat noch keine was ausg'richt't gegen ein' Mann, in der Tränenvergießerei allein besteht eure traurige Oberherrschaft, und leider gibt es wahre Virtuosinnen im Weinen.

—

—.—: Ich find' nichts Schön's am Weinen.

—.—: Na ja, hier is auch nicht die Red' von Tränen, die in blaue Vortücher fallen, sondern von Tränen, die in batistenen Schnupftücheln interessant aufg'fangt wer'n. Wenn a Kuhdirn zum Flennen anfangt: „Du abscheulicher Ding, zuerst tust, als wennst sterbest vor Lieb', und jetzt laßt mich sitzen!" — ja, das laßt kalt; wenn aber einer Dame das Auge überströmt: „Verräter, so lohnst du meine Liebe? Nur im Grabe find' ich meine Ruhe wieder!" — so was macht einen wahnsinnigen Eindruck.

Traum

Die Träum' verraten mir's, daß es auf die Neig' geht, ich mein', die wachen Träum', die jeder Mensch hat. Bestehen diese Träum' in Hoffnungen, so is man jung, bestehen sie in Erinnerungen, so is man alt. Ich hoff' nix mehr und erinnere mich an vieles, ergo: alt, uralt, Greis, Tatl!

Treue

Sie hat eine reine Seele, aber es legt sich der Staub der Eitelkeit drein, und das bringt Gefahr für die Treue.

—

Mit dem „in der gleichen Richtung alleweil fort" is es nicht so leicht; der G'vatter hat's g'wiß schon oft probiert, wenn er sich recht müd und matt ins Bett g'legt hat, so auf'n Arm, die Stellung is göttlich, man is wie im Himmel — jetzt nur zwei Stund' in der Stellung bleiben, so tut ei'm alles weh, man halt die Göttlichkeit nit aus, und das Himmlische wird ei'm unerträglich. Nur nit in derselben Richtung — und das is nur ein Arm. Wie kann man also das, was ein starker männlicher Arm nit aushalt't, von ein' schwachen weiblichen Herzen begehren, daß's alleweil in einer Richtung bleiben soll — nur nicht unbillig sein!

TRINKEN
Wenn man die Schulden vertrinken könnte, wär' ich längst schon ein rangierter Mann.

U

ÜBEREINSTIMMUNG
Eine Lieb' is das, die wir hab'n, ich zu ihr und sie zu mir, das ist das Gegenseitigste, was man sich nur denken kann.

UMTRIEBE, KOMMUNISTISCHE
Es droht dem Privatmann eine eigene Gattung kommunistischer Umtriebe, wenn man ein saubers Weiberl hat; um diese hintanzuhalten, braucht man die ganze Politik für sein Haus.

UNABHÄNGIGKEIT
—.—: Sie sind ein unabhängiger Mann.
—.—: So unabhängig, daß ich mich nur aufhängen müßt', um in eine abhängige Lage zu kommen.

UNDERSTATEMENT
Der Herr in einfache Nonchalance gekleidet, der Bediente vergoldet wie eine Nuß an ein' Weihnachtsbaum, das is Nobless'!

UNBESTECHLICHKEIT
Ein Mensch, der kein Geld nimmt! Das is über ein'n Starl, der kein'n Mehlwurm frißt!

Ungeduld

Meine Geduld setzt den Hut auf und ich seh' s' völlig nach'n Stock greifen, mir scheint, sie geht aus.

Unterhaltungsschriftsteller

Bis zum Lorbeer versteig' ich mich nicht. G'fallen sollen meine Sachen, unterhalten, lachen sollen d'Leut', und mir soll die G'schicht' a Geld tragen, daß ich auch lach', das is der ganze Zweck. G'spaßige Sachen schreiben und damit nach dem Lorbeer trachten wollen, das is eine Mischung von Dummheit und Arroganz, das is grad so, als wie wenn einer Zwetschgenkrampus macht und gibt sich für einen Rivalen von Canova aus.

Utopie

Welcher Entdecker hat das schon bemessen, wie weit sich die äußersten Vorgebirge der Möglichkeit ins Meer der Unmöglichkeit hinein erstrecken?

Utopie, soziale

Wenn die reichen Leut' nit wieder reiche einladeten, sondern arme Leut', dann hätten alle genug zu essen.

V

Vakuum

Man war lange Zeit der Meinung, daß es in der Natur gar keinen leeren Raum gäbe. Diese Behauptung jedoch wurde durch verschiedene Menschenköpfe widerlegt, in denen sich ganz leerer Raum vorgefunden. Auch hört man die Theater-Direktionen, namentlich im Sommer, sehr häufig über leere Räume klagen!

VEILCHEN

Erlauben Sie, daß ich gegen das unverdiente Renommee dieser Blume einen Einspruch tu'. Das Veilchen drängt sich z'allererst hervor, kann's kaum erwarten, bis 's Frühjahr wird, überflügelt sogar das Gras, damit's nur ja früher als alle andern Blumen da is auf'n Platz — wo steckt da die Bescheidenheit?

VERABSCHIEDUNG

Packen Sie alles, das heißt sich selbst und Ihre Sachen; wir leisten auf jedes Andenken Verzicht.

—

Der Vernünftige sieht im Fortjagen nur eine Einladung, zu einer günstigeren Zeit wiederzukommen.

VERANTWORTUNG

Das Mündelbewachen muß sehr ein unangenehmes Geschäft sein.

VERANTWORTUNG, KOLLEKTIVE

Wer kann bei der jetzigen Krisis in Europa sagen: „Ich war nicht dabei" —? Die Revolution war in der Luft, jeder hat sie eingeatmet und folglich, was er ausg'haucht hat, war wieder Revolution. Da muß sich keiner schön machen woll'n.

VERBOT

Verbot ist die Leibfarb' der Lieb'. Das is nur ein Zufall, wenn sich Wunsch und Erlaubnis bisweil'n begegnen auf der Welt, und auf solche Zufäll' zu warten, da kommet man der Sehnsucht grad z'recht damit.

VERBRECHER

Die Seel' eines Verbrechers is eine Nachteulen, beim Tag is sie stumpfsinnig, aber wie's dunkel wird, flattert s' auf und mit der Finsternis wachst die Klarheit ihrer Katzenaugen — in jedem Winkel eine bleiche Gestalt.

Verdienst

Was? Du halbeter Professor von allen sieben Sachen, kannst dir mit deiner Weisheit nicht selbst die Bratwurst des Genusses aufs saure Kraut des Lebens legen?

Verdrängung

Ich habe auch meine Stunden der Empörung, aber ich verstecke sie, weil ohnmächtige Empörung lächerlich ist. Da ich nicht stolz sein konnte, bin ich demütig geworden, um mir die Scham zu ersparen, niederträchtig zu werden.

Verführbarkeit

Is eine zum Abfischen, so wird sie auch abg'fischt, und da is es immer viel besser, es fischt ein'm s' ein feindlicher Freund vor der Hochzeit, als es fischt ein'm s' ein freundlicher Feind nach der Hochzeit ab.

Vergangenheit

's Fatalste bei die früheren Verhältnisse is, daß sie oft später aufkommen tun.

—

Die Vergangenheit ist ein im Dunklen befindliches Gemälde, wenn da die Neugierd' ein Licht hinsetzen will, muß augenblicklich die Diskretion wieder den Schirm vorstellen.

Vergesslichkeit

—.—: Vergessen Sie nicht, daß Sie Bräutigam sind.

—.—: Is wahr. Ich muß mir einen Knopf ins Tüchel machen.

Verhalten, konventionelles

So ein Lächeln muß eine spanische Wand sein, hinter welcher man alle seine Gefühle und Empfindungen vor die Leut' versteckt.

Tratschmidl (Tritsch-Tratsch):

„Also doch ein Kindelfind — jetzt schmeckt mir erst wieder der Tabak.“

Willibald (Schlimme Buben):

„Mädl ist auch ein Geschlechtswort, weil es das schöne Geschlecht anzeigt."

VERHALTEN, SOZIALES

Wer kein Paradies hat, der soll nicht auf Engeln tipfeln. Eine solche Frau kann der auf Proletariaterenten-Angewiesene nicht ernähren. Der in niederer Hütte Geborne und in hohen Bodenkammerln Auferzogene muß sich an das Billige halten.

—

Eine Baronin um die Mitt' nehmen als wie a Bauerndirn' au'm Kirchtag, das geht ja ins Attentatische hinüber.

VERHALTEN, ZEITGEMÄSSES

O, heutzutag' reißt man sich die Haar' nicht aus wegen einem Mädl, man laßt sich s' lieber frisch brennen, um auf a andere zu kokettieren.

VERHÄLTNIS

Wenn es sich um so Mädln, Haubenputzerinnen, Nähterinnen, Seidenwinderinnen etc. handelt, da heißt dieser chemische Herzensprozeß nicht einmal „Liebe", da wird das Ding nur „Bekanntschaft" genannt und mit dem veränderten Namen entsteht auch in der Sache ein himmelweiter Unterschied. Bei der Liebe nur wird man bezaubert, bei der Bekanntschaft, da sieht man sich gern; bei der Liebe nur schwebt man in höheren Regionen, bei der Bekanntschaft geht man in einen irdischen Garten wohin, wo's Bier gut und 's kälberne Bratl groß is; bei der Liebe nur heißt's: „Er is treulos, meineidig, ein Verräter!", bei der Bekanntschaft heißt's bloß: „Jetzt hat er a neue Bekanntschaft gemacht." Die Liebe nur hat so häufig einen Nachklang von Zetermordio-G'schrei der Eltern, bei der Liebe nur krampeln sich Familienverzweigungen ein in alle Fasern unserer Existenz, so daß oft kein Ausweg als Heirat bleibt; bei der Bekanntschaft wird bloß ein Zyklus von Sonntäg' — Maximum: ein ganzer Fasching — prätendiert, ewige Dauer is da terra incognita, und lebenslängliche Folgen sind da gar nicht modern.

Verhältnis

—.—: Ich liebe ein braves, aber armes Mädchen.

—.—: Aha! Morbus cordialis proletaria — hm, wird bei jungen Herren wie Sie selten eine Todeskrankheit.

Verhältnisse

Bei die Zeitverhältnisse noch solche Privatverhältnisse —! Muß denn a jed's Madl ein' Liebhaber hab'n? Wird denn das gar nie abkommen? Sechstausend Jahr' schon all'weil die G'schicht' — und gar ka Aussicht auf Änderung — o Gott!

—

Es ist nun einmal so in der Welt, des Menschen Wunsch ist kein freier Vogel, eng vergittert muß er bleiben im Käfig der Vernunft, denn läßt man ihn flattern durch Gebäude des irdischen Treibens, so stößt er überall an den schroffen Wänden der Verhältnisse an.

—

Die Macht der Verhältnisse ist der Absolutismus des Daseins, des Schicksals unabschneidbarer Zopf.

Verhungern

Das Imbettliegenbleiben soll eine Erleichterung des Verhungerns sein, man hat darüber in neuester Zeit in England viele Versuche gemacht.

Verkehrsmittel

Ein Stellwagen is das pfiffigste Wesen auf der Welt, weil er ohne Unterschied des Standes jeden Menschen aufsitzen laßt.

Verlockung

Nur Dukaten fallen lassen, und sie laufen der Schiechesten nach wie die Pummerln!

Vermögen

Sie liebt mich, aber sie hat Vermögen, folglich is es nicht das polypenartige Anklammern eines geldlosen Wesens an einen Mann, dem das Wort „Heirat“ entschlüpft, sie weiß, die unauflöslichen Seligkeiten kommen ihr nicht aus.

—

Weshalb soll ich s' denn heiraten, wenn es sich nicht rentiert? Der Eh'stand, wenn er kinderlos is, is um fünfzig Prozent kostspieliger als der ledige; kommt Familie, so steigt es auf hundert Prozent; Gall' und Verdruß kann man auch auf etliche Prozent anschlagen; ergo muß die Frau immer etwas mehr Vermögen haben als der Mann, sonst schaut für unsereinen ein klares Defizit heraus.

Versicherung

Eine Million ist eine schußfeste Brustwehr, über welche man stolz hinabblickt, wenn die Truppen des Schicksals heranstürmen wollen.

—

Ich sage: wenn sich 's Unglück über ein' Millionär trauen will, das kommt mir grad so vor, als wie wenn ein Stallpummerl auf ein' Elefanten bellt.

—

Vorm Feuer kann man ein Haus assekurieren lassen, aber an eine Assekuranzanstalt vor Gläubigern hat man noch immer nicht gedacht, und doch werden offenbar mehr Häuser den Gläubigern als den Flammen zum Raube.

—

Für alles gibt's ein Mittel, daß es einem nicht wegkommt: 's Geld legt man in die Bank, Dukaten näht man sich in einen Brustfleck, die Häuser assekuriert man, die Uhren gibt man ins Versatzamt, und nur für die Gattinnen gibt's kein Präservativ! — Das ist der wunde Punkt der Zivilisation!

Verstand

Der Verstand muß Haushofmeister des Herzens sein, und sprechen da noch so viele Gäste auf einmal ein, der Haushofmeister muß das alles rangieren.

Vertrag

's Durchgehn is erst so in Schwung, seitdem die Kontrakt existieren.

—

Sie werden doch Verträge nicht als etwas hinstellen wollen, was man hält? Lesen Sie künftighin fleißiger Zeitung.

Vertrauen

Das Weibereinsperren heißt nix, das is türkisch, und ein solider Eh'mann muß alles Muselmännische vermeiden. Vertrauen is das erste, blindes Vertrauen, nachher sieht man erst, wie brav die Weiber sein.

Verwandtschaft: mutter

s' is halt doch ganz was anders, eine Mutter, als ein Vater, und schad', grad Mütter kann man nie mehr als eine einzige haben.

Verwandtschaft: onkel

Es ist oft schwer, die Vaterschaft zu beweisen, wenn nicht Muttermäler vorhanden sind, aber für die Onkelschaft gibt's gar keinen Beweis.

—

Er is ihr Onkel und das grenzt schon so nah' an Vater, als wie das schwarze Meer an den Phosphorus.

—

Freveln Sie nicht an der weise schaffenden Kraft, die selbst ihre scheinbaren Mißgriffe weise paralysierte. Sie hat die Neffen geschaffen, gut, sie schuf allerdings auch deren Gläubiger, das war nicht gut, doch dieses Mißverhältnis gleicht sie durch die Existenz der Onkeln glorreich wieder aus.

Verwandtschaft: Onkel

Ein alter Orthodoxe behauptete, daß es in der Hölle einen eigenen Platz gäbe, wo die Neffen brennen, die ihren Onkeln ungehorsam sind; ohne darüber in Pro und Kontras einzugehn, werde ich ganz einfach gehorchen.

Verwandtschaft: tochter

Wenn auch der Vater lange Finger hat, was geht das die Hand der Tochter an?

Verwandtschaft: Vater

—.—: Wer war denn Sein Vater?

—.—: Ahnenstolz war nie meine Sache, soweit zurück hab' ich auch deßtwegen meinen Stammbaum nie untersucht.

—

Nein, was ein Vater aussteht, der einen Buben hat, das kann nur ein Vater beurteilen, der ein Mädl hat, denn der steht 's Doppelte aus.

Vision

Das sind Phantasiegespinste, in den Hohlgängen des Gehirns erzeugt, die manchmal heraustreten aus uns, sich krampusartig aufstellen auf dem Niklo-Markt der Einsamkeit — erlosch'ne Augen rollen, leblose Zähne fletschen und mit drohender Knochenhand aufreiben zu modrigen Grabesohrfeigen, das ist Vision.

Volksvertreter

Volksvertreter — und kann nichts vertreten als seine Stiefel.

Vordruck

Liebesbriefe zu schreiben, das könnt' überhaupt ganz abkommen, und ein Lithograph machet da ein prächtiges G'schäft dabei; man brauchet ja nur vier Formular': eins mit einer Liebeserklärung, eins mit einer Eifersucht, eins mit einer Versöhnung und Bestellung, und eins mit einem gänzlichen Bruch.

Vorurteil

Das Vorurteil is eine Mauer, von der sich noch alle Köpf', die gegen sie ang'rennt sind, mit blutige Köpf' zurückgezogen haben.

W

Wahrheit

Wahrheit ist das Erhabenste, drum kann man's nicht jedem auf die Nase binden.

Wandel

Alles Irdische ist wandelbar, und ich bin nicht da, um Ausnahmen in der Weltordnung zu statuieren.

Warnung

Gehn S' weiter, eh' die höchste Erbitterung meiner Hand eine Unterkunft in Ihrem Gesicht anweist!

Weltherrschaft

Ein königliches Paar sitzt seit Anbeginn auf dem Erdenthron und regiert den staatlichen Menschenbund: „Egoismus" heißt der Herrscher, die Herrscherin heißt „Eitelkeit", und die nimmersatten Leidenschaften bilden ihr unverantwortliches Ministerium.

Welttheater

Es scheint fast, die Mutter Natur habe, als sie mich schuf, einen Regisseur zu Rate gezogen, sonst könnt' ich unmöglich so brillant in Szene gesetzt sein.

Wiener

Ich bin ein geborner Wiener, uns ist das notwendig zum Glücke, daß wir einem armen Teufel was Guts tun.

Wirklichkeit

Wirklichkeit is immer das schönste Zeugnis für die Möglichkeit.

Wissenschaften

—.—: Hör' auf, wie kann die Lieb' einen Menschen so niederpracken, der weisheitsgepanzert, wissenschaftgestählt dem ruhestörenden Leidenschaftsgesindel entgegentritt?

—.—: Was vermag alle Weisheit gegen die Stimme, die im Herzen spricht!

—.—: Ach geh! Sollte die Botanik, die die ganze Vegetation des Erdballs wie Schulbub'n in Klassen sortiert, nicht ein Kräutl wissen gegen süße Gifte, worunter offenbar die Liebe gehört? Sollte die Rechtswissenschaft nichts Recht's wissen, wie man dem Herzen sein Recht abstreiten kann? Sollte die Mathematik, die so geschickt is im Wurzelausziehn, nicht imstand sein, einen dalketen Liebespfeil auszuziehn, der im Herzen wurzelt? Sollte jene einfache Wissenschaft, die sich so arrogant die doppelte Buchhaltung nennt, die so viel mit „Haben“ und „Soll“ herumwirft, dir nicht gezeigt haben, daß man hier (aufs Herz deutend) nix haben soll?

Witwe

Der große Unterschied zwischen die indischen und die europäischen Witwen: die indischen verbrennen sich selbst und die europäischen setzen andere Leut' in Feuer und Flammen.

Wohlfahrt

Mein Wunsch ist, mir neuerdings ein Haus zu bauen, wozu ich Sie demütig um eine kleine Unterstützung bitte.

Wohltätigkeitsfest

Der Glanz alles Glänzenden wird durch schwarze Unterlag' gehoben, drum sind immer die Bälle die glänzendsten, denen das Unglück den dunklen Grund abgibt, für welches dann der Glanz des Balles zum Strahl des Trostes wird.

Wunder

„Glänzende Partie" heißt die Fee, die oft Wunder wirkt in jungfräulichen Herzen, und selbst die ordinäre Hex' „Reichliche Versorgung" hat schon in zarten Wesen riesige Selbstverleugnung erzeugt.

Wünschen

Die Christenpflicht sagt nur, man soll seinen Feinden Gutes tun. Gut! Deswegen seh' ich aber noch nicht ein, warum man ihnen nicht dann und wann etwas Böses wünschen soll; es ist ja keine Folge, daß der Wunsch erfüllt werden muß.

Z

Zeche

Das Zech'zahlen ist in der Neuen Welt so lästig als in der Alten, und ohne Geld auch ebenso unmöglich.

—

Wenn man mit der Zeche abfahren will, ist die erste Regel: dem Wirt ein' hohe Meinung beibringen.

Zeit

Das haben sie schon in sich, die schönen Tage von Aranjuez, daß sie so schnell vorübergehn.

—

Die Zeit, das is halt der lange Schneiderg'sell, der in der Werkstatt der Ewigkeit alles zum Ändern kriegt. Manchmal geht die Arbeit g'schwind, manchmal langsam, aber firtig wird's, da nutzt amal nix, g'ändert wird alles.

—

Ja, es ist eine schöne Zeit, wo man sich noch Mühe gibt, die Zeit zu töten, aber es kommt leider nur zu schnell die Zeit, wo man merkt, daß die Zeit einen selbst tötet.

ZENSOR

Ein Zensor is ein Mensch gewordener Bleistift oder ein bleistiftgewordener Mensch, ein fleischgewordener Strich über die Erzeugnisse des Geistes, ein Krokodil, das an den Ufern des Ideenstromes lagert und den darin schwimmenden Literaten die Köpf' abbeißt.

ZENSUR

Die Zensur is die jüngere von zwei schändlichen Schwestern, die ältere heißt Inquisition. Die Zensur is das lebendige Geständnis der Großen, daß sie nur verdummte Sklaven *treten*, aber keine freien Völker *regieren* können.

—

Die Dichter haben ihre beliebteste Ausred' eingebüßt. Es war halt eine schöne Sach', wenn einem nichts eing'fallen is und man hat zu die Leut' sagen können: „Ach Gott! Es is schrecklich, sie verbieten einem ja alles." Das fallt jetzt weg.

ZOOLOGIE

Bei Schäferstunden is durchaus ein dritter notwendig, der ein Schaf is.

ZUCKERBÄCKER

So ein leckender Appetitverderber, der vorzugsweise die stille Sehnsucht naschhafter Frauen is.

Zufall

Der Zufall muß ein b'soffener Kutscher sein — wie der die Leut' z'samm'führt, 's is stark!

—

Wenn der Zufall nicht wär', wie viel gelinget denn in der Welt? Der Zufall ist die Muttermilch, an der sich jeder Plan vollsaugen muß, wenn er zum kräftigen Erfolg heranreifen soll.

—

Dem Zufall (danken wir) alles, dem seelenguten Kerl, dem der menschliche Eigendünkel fast immer das Verdienst abstreit't. Lassen wir ihn leben. Der Zufall lebe hoch!

Zufriedenheit

Die Welt is schön. Es gibt zwar fast lauter Unzufriedene drauf; das soll von der menschlichen Ungenügsamkeit kommen. Nicht wahr is's! Das kommt von der Genügsamkeit, denn wer is genügsam? Der, welcher mit allem zufrieden is; jeder Mensch aber wär' mit allem zufrieden, wenn er alles hätt', weil aber kein Mensch alles hat, drum sind s' alle unzufrieden. —

Zukunft

Die Zukunft is eine undankbare Person, die grad nur die quält, die sich recht sorgsam um sie bekümmern.

Zynismus

Ich glaube von jedem Menschen das Schlechteste, selbst von mir, und ich hab' mich noch selten getäuscht.

ANHANG

Zur Erklärung: Der Auswahl liegen sämtliche Stücke und Varianten Nestroys wie auch Teile des Nachlasses zugrunde. Die Zitate mußten aus dem Zusammenhang gelöst werden. Das machte einige Male geringfügige Auslassungen nötig, die nicht eigens gekennzeichnet sind. Manchesmal wurden die Dialogstellen etwas gerafft. Kleine Umstellungen oder Veränderungen des Textes durch den Herausgeber stehen in Klammern. Auch wenn das Zitat mitten in einem Satz beginnt, wird es mit einem Großbuchstaben angefangen. Bei den Dialogen wurden ebenso wie bei den wenigen Couplets, die aufgenommen werden konnten, die Namen der Rollen weggelassen. Nur in einem Fall, unter dem Stichwort „Freiluftbühne", wurden, da es sich um ein Gespräch zu dritt handelt, die Anfangsbuchstaben der Darstellernamen vorangestellt: Tr — Treumann, N — Nestroy, Sch — Scholz.
Im übrigen lassen sich die Zitate leicht in ihren Zusammenhang zurückversetzen. Im folgenden werden alle Stichworte mit den Belegen angeführt. Jedes Zitat ist durch die Chiffre des Stücks, die im Abkürzungsverzeichnis (Seite 141) aufgelöst wird, den Akt (römische Ziffer) und die Szene (arabische Ziffer) gekennzeichnet. Bei Einaktern entfällt die Aktbezeichnung.
Weitere Abkürzungen: Na — Nachlaß, Va — Variante, Vsp — Vorspiel.

STICHWORTVERZEICHNIS UND NACHWEIS DER ZITATE

der Komödien, aus denen Zitate verwendet wurden. Die Jahreszahlen bezeichnen die Uraufführung oder (in Klammern) die Entstehung der Komödie.

A	Die Anverwandten. Posse mit Gesang in fünf Akten. 1848
AB	Der Affe und der Bräutigam. Posse mit Gesang in drei Akten. 1836
AM	Der alte Mann mit der jungen Frau. Volksstück mit Gesang in vier Akten. (1849)
B	Die schlimmen Buben in der Schule. Burleske mit Gesang in einem Akt. 1847
E	Zu ebener Erde und im ersten Stock oder Die Launen des Glücks. Lokalposse mit Gesang in drei Akten. 1835
Eis	Eisenbahnheiraten oder Wien, Neustadt und Brünn. Posse mit Gesang in drei Akten. 1844
Erb	Der Erbschleicher. Posse mit Gesang in vier Akten. 1840
Eu	Eulenspiegel oder Schabernack über Schabernack. Posse mit Gesang in vier Akten. 1835
F	Der Färber und sein Zwillingsbruder. Posse mit Gesang in drei Akten. 1840
Fa	Die verhängnisvolle Faschingsnacht. Posse mit Gesang in drei Akten. 1839
FD	Die Fahrt mit dem Dampfwagen. Vorspiel in einem Akt. 1834
Fe	Der Feenball oder Tischler, Schneider und Schlosser. Faschingsposse in drei Aufzügen. (1833)
Fr	Freiheit in Krähwinkel. Posse mit Gesang in zwei Abteilungen und drei Aufzügen. 1848
FV	Frühere Verhältnisse. Posse mit Gesang in einem Akt. 1862
G	Das Gewürzkrämerkleeblatt oder Die unschuldigen Schuldigen. Posse mit Gesang in drei Akten. 1844
Gl	Die Gleichheit der Jahre. Lokalposse in vier Abteilungen. 1834
GM	Glück, Mißbrauch und Rückkehr oder Das Geheimnis des grauen Hauses. Posse in fünf Akten. 1838
H	Höllenangst. Posse mit Gesang in drei Akten. 1849
HA	Häuptling Abendwind oder Das greuliche Festmahl. Indianische Faschingsburleske in einem Akt. 1862
HB	Sie sollen ihn nicht haben oder Der holländische Bauer. Posse mit Gesang in drei Akten. 1850
HG	Heimliches Geld, heimliche Liebe. Posse mit Gesang in drei Akten. 1853
HH	Hinüber — Herüber. Intermezzo. 1844
HS	Die beiden Herren Söhne. Posse mit Gesang in fünf Akten. 1845

HT Das Haus der Temperamente. Posse mit Gesang in zwei Akten. 1837

J Einen Jux will er sich machen. Posse mit Gesang in vier Akten. 1842

JH Judith und Holofernes. Travestie mit Gesang in einem Akt. 1849

K Kampl oder Das Mädchen mit Millionen und die Nähterin. Posse mit Gesang in vier Akten. 1852

Ka Karikaturen-Charivari mit Heiratszweck. Posse mit Gesang in drei Akten. 1850

Ke Der gefühlvolle Kerkermeister oder Adelheid, die verfolgte Witib. Parodie mit Gesang in drei Akten. 1832

Ko Der Kobold oder Staberl im Feendienst. Parodierende Zauberposse mit Gesang in vier Akten. 1838

L Der böse Geist Lumpazivagabundus oder Das liederliche Kleeblatt. Zauberposse mit Gesang in drei Akten. 1833

LB Weder Lorbeerbaum noch Bettelstab. Parodierende Posse mit Gesang in drei Abteilungen. 1835

LH Liebesgeschichten und Heiratssachen. Posse mit Gesang in drei Akten. 1843

LS Lady und Schneider. Posse mit Gesang in zwei Akten. 1849

M Das Mädl aus der Vorstadt oder Ehrlich währt am längsten. Posse in drei Aufzügen. 1841

MA Moppels Abenteuer im Viertel unter dem Wiener Wald, in Neuseeland und in Marokko. Posse in zwei Akten. 1837

Mar Martha oder die Mischmonder Markt-Mägde-Mietung. Parodierende Posse mit Gesang in drei Akten. 1848

MF Mein Freund. Posse mit Gesang in drei Akten und einem Vorspiel. 1851

MKS Müller, Kohlenbrenner und Sesselträger oder Die Träume von Schale und Kern. Zauberspiel mit Gesang in drei Aufzügen. 1834

N Die beiden Nachtwandler oder Das Notwendige und das Überflüssige. Posse mit Gesang in zwei Akten. 1836

NH Nagerl und Handschuh oder Die Schicksale der Familie Maxenpfutsch. Parodie in drei Aufzügen. 1832

Nk Nur keck! Posse mit Gesang in drei Akten. (1855)

P Die Papiere des Teufels oder Der Zufall. Posse mit Gesang in drei Akten und einem Vorspiel. 1842

Pr Alles will den Propheten sehen. Posse mit Gesang in drei Akten. 1850

R Nur Ruhe. Posse mit Gesang in drei Akten. 1843

RT Robert der Teuxel. Parodierende Zauberposse in drei Akten. 1833

Sch Der Schützling. Posse mit Gesang in vier Akten. 1847

T	Der Talisman. Posse mit Gesang in drei Akten. 1840
Te	Der gutmütige Teufel oder Die Geschichte vom Bauer und von der Bäuerin. Zauberspiel mit Gesang und Tanz in einem Akt. 1851
TH	Der Tod am Hochzeitstage oder Mann, Frau, Kind. Zauberspiel in zwei Akten. 1829
Th	Theaterg'schichten durch Liebe, Intrige, Geld und Dummheit. Posse mit Gesang in zwei Akten. 1854
TM	Gegen Torheit gibt es kein Mittel. Ein lustiges Trauerspiel in drei Abteilungen. 1838
Tr	Der Treulose oder Saat und Ernte. Dramatisches Gemälde in zwei Abteilungen. 1836
U	Der Unbedeutende. Posse mit Gesang in drei Akten. 1846
Um	Umsonst! Posse mit Gesang und Tanz in drei Akten. 1857
Uv	Unverhofft. Posse mit Gesang in drei Akten. 1845
V	Die Verbannung aus dem Zauberreiche oder Dreißig Jahre aus dem Leben eines Lumpen. Zauberspiel mit Gesang in zwei Akten. 1828
Ve	Das Verlobungsfest im Feenreiche oder Die Gleichheit der Jahre. Zauberposse in drei Akten. (1834)
VG	Verwickelte Geschichte. Posse mit Gesang in zwei Akten. 1850
W	Eine Wohnung ist zu vermieten in der Stadt, eine Wohnung ist zu verlassen in der Vorstadt, eine Wohnung mit Garten ist zu haben in Hietzing. Posse mit Gesang in drei Akten. 1837
Z	Der Zerrissene. Posse mit Gesang in drei Akten. 1844
Za	Zampa, der Tagdieb oder Die Braut von Gips. Parodie in drei Akten. 1832
Zau	Der konfuse Zauberer oder Treue und Flatterhaftigkeit. Original-Zauberspiel in drei Akten. 1832
ZJ	Zwei ewige Juden für einen. Burleske mit Gesang in zwei Akten. 1846
ZKL	Die Familien Zwirn, Knieriem und Leim oder Der Welt-Untergangs-Tag. Zauberspiel in zwei Akten. 1834
ZR	Die Zauberreise in die Ritterzeit oder Die Übermütigen. Original-Zauberposse in drei Akten, mit einem Vorspiele. 1832
ZS	Der Zauberer Sulphurelektromagnetikophosphoratus oder Die Fee Walpurgisblocksbergisseptemtrionalis oder Des ungeratenen Herrn Sohnes Leben, Taten und Meinungen, wie auch dessen Bestrafung in der Sklaverei und was sich alldort Ferneres mit ihm begab. Zauberposse mit Gesang in drei Akten. 1834
Zv	Zeitvertreib. Posse in einem Akt. (Vor 1858)

BIBLIOGRAPHIE

I Nestroy-Ausgaben

Sämtliche Werke. Historisch-kritische Gesamtausgabe. Herausgegeben von Fritz Brukner und Otto Rommel. 15 Bände. Wien 1924—30 (Fotomechanischer Nachdruck 1974).

Gesammelte Werke. Herausgegeben von Otto Rommel. 6 Bände. Wien 1948—49 (Nachdrucke 1962 und 1968).

Werke. Ausgewählt und mit einem Nachwort versehen von Oskar Maurus Fontana. München 1962.

Ausgewählte Werke. Herausgegeben von Hans Weigel. Gütersloh 1962.

Werke. Ausgewählt und eingeleitet von Paul Reimann. 2 Bände. Berlin und Weimar 1966.

Komödien. Herausgegeben von Franz H. Mautner. 3 Bände. Frankfurt am Main 1970.

II Bücher über Nestroy

Otto Basil: Johann Nestroy in Selbstzeugnissen und Bilddokumenten. rowohlts monographien 132. Reinbek 1967.

Roger Bauer: La Réalité — Royaume de dieu. Etudes sur l'originalité du théâtre viennois dans la première moitié du XIXe siècle. München 1965.

Siegfried Brill: Die Komödie der Sprache. Untersuchungen zum Werke Johann Nestroys. Erlanger Beiträge zur Sprach- und Kunstwissenschaft 28. Nürnberg 1967.

Siegfried Diehl: Zauberei und Satire im Frühwerk Nestroys. Frankfurter Beiträge zur Germanistik 9. Bad Homburg v. d. H. — Berlin — Zürich 1969.

Ernst Fischer: Von Grillparzer zu Kafka. Wien 1962.

Otto Forst de Battaglia: Johann Nestroy. Abschätzer der Menschen, Magier des Wortes. Leipzig 1932 (Neubearbeitung München 1962).

Karl Gladt: Die Handschriften Johann Nestroys. Graz — Wien — Köln 1967.

Jürgen Hein: Spiel und Satire in der Komödie Johann Nestroys. Ars Poetica, 11. Band. Homburg v. d. H. — Berlin — Zürich 1970.

Jürgen Hein (Herausgeber): Theater und Gesellschaft. Das Volksstück im 19. und 20. Jahrhundert. Literatur in der Gesellschaft 12. Düsseldorf 1973.

Helmut Herles: Nestroys Komödie „Der Talisman". Von der ersten Notiz zum vollendeten Werk. Mit bisher unveröffentlichten Handschriften. München 1974.

Walter Höllerer: Zwischen Klassik und Moderne. Stuttgart 1958.

Ansgar Hillach: Die Dramatisierung des komischen Dialogs. Figur und Rolle bei Nestroy. München 1967.

Kurt Kahl: Johann Nestroy oder Der wienerische Shakespeare. „Glanz und Elend der Meister." Wien — München — Zürich 1970.

Karl Kraus: Nestroy und die Nachwelt. Mit einem Nachwort von Hans Mayer. Bibliothek Suhrkamp 387. Frankfurt 1975.

Franz H. Mautner: Nestroy. Poesie und Wissenschaft III. Heidelberg 1974.

Rio Preisner: Johann Nepomuk Nestroy. Der Schöpfer der tragischen Posse. „Literatur als Kunst". München 1969.

Otto Rommel: Die Alt-Wiener Volkskomödie. Ihre Geschichte vom barocken Welttheater bis zum Tode Nestroys. Wien 1952.

Reinhard Urbach: Die Wiener Komödie und ihr Publikum. Stranitzky und die Folgen. „Wiener Themen." Wien — München 1973.

Hans Weigel: Flucht vor der Größe. Sechs Variationen über die Vollendung im Unvollendeten. Wien 1960 (Nachdruck Salzburg 1970).

Hans Weigel: Johann Nestroy. Friedrichs Dramatiker des Welttheaters 27. Zweite Auflage Velber 1972.

W. E. Yates: Nestroy. Satire and Parody in Viennese Popular Comedy. Cambridge 1972.

WORTERKLÄRUNGEN

aufreiben	zum Schlag ausholen
biglem	selten
Braker	Schläge
Bram	Rand
Colliergrecquemod'	griechische Halsketten waren modern
Don Valeros	Figur aus Adolf Müllners „Die Schuld“ (1813)
Fiduz	Vertrauen, auch Verlangen
firtig	fertig
gach	jäh
Gamezen	Gähnen
Geperneck	Wintermantel (nach ungarisch: „köpönyeg“)
G'frett	Unzulänglichkeit
Göd	Pate
Gotigkeit	gewissermaßen (nach lateinisch „quod dicat“)
G'spusin	Geliebte (Verhältnis)
g'weißingt	ausgemalt (die Wände kalkweiß angestrichen)
heiklig (heikel)	empfindlich
Hollerstauden	Holunderstrauch
Kakranus	kommt von Kagran, Vorstadt Wiens
Kei'rei	Keierei, Schererei
Kramperl(tee)	Brusttee aus Islandmoos
Kridatar	einer, der Konkurs gemacht hat
Marchfeld	Ebene östlich von Wien
müchlets (Mehl)	schimmlig
niederpracken	niederschlagen
niemst	niemand
Niklo-Markt	vorweihnachtlicher Nikolaus-Markt
paperl(grün)	von Papagei
papierlt (werden)	übervorteilt, angeschmiert (werden)
pemseln	pinseln
Powidaln	Böhmakeln (nach tschechisch „on povidal“ — er erzählt)
präferanzeln	Karten spielen (Preference)

Pummerl	Hündchen
punket	klein und dick
Quadrillierungen	etwas kariert machen (Stoff)
Razen	Hausierer mit Küchengeräten
Remonblau	Raymonds Blau (Pariserblau, Napoleonblau)
Rinaldini	Räuber, nach Vulpius' Roman „Rinaldo Rinaldini“ (1799)
rokoko	überaltert
Salamimänner	Käse- und Wursthausierer
Salveter	Servietten
schiech	häßlich
schleifen	Schlittschuhlaufen
Schleußigkeit	Zerschlissenheit
schlickt	schluckt
schlieft	schlüpft, kriecht
schusseln	übereilen
Sekkatur	Quälerei
Spagat	Bindfaden, Schnur
Stockerauer	Stockerau, Stadt nördlich von Wien
Strauchen	Schnupfen
Sulteln	Hundename (Sultan)
Tatl	Greis
überhaps	ungenau
überhiaseln	schminken
verknusen	ertragen
verschnabulieren	aufessen
Zwetschkenkrampus	Teufelsfigur aus gedörrten Zwetschken
Zwiefel	Zwiebel

WIENER THEMEN

Reinhard Urbach

DIE WIENER KOMÖDIE UND IHR PUBLIKUM

Stranitzky und die Folgen

Die Wiener Komödie suchte stets den Widerhall im Publikum. Sie übte stets die fröhliche Katastrophe und war nie nur harmloses Vergnügen.

Beatrix Schiferer

GIRARDI, EIN WIENER AUS GRAZ

Die Geschichte des unvergeßlichen Volksschauspielers ist zugleich ein wichtiges Stück Wiener Theatergeschichte. Mit neuem, bisher unveröffentlichtem Material wird das überlieferte Bild Girardis bereichert und das Wissen um den Künstler vervollständigt.

Kurt Kahl

DIE WIENER UND IHR BURGTHEATER

Das Burgtheater ist seit seiner Gründung Nationaltheater. Spielplan und Spielweise prägten die Wiener Gesellschaft. Das Schwergewicht lag immer auf den Schauspielern. Sie — und nicht die Stücke — beeinflußten das Publikum. Aus dem Hoftheater wurde ein Staatstheater, doch sonst hat sich nichts geändert. Denn: Wien bleibt Wien — besonders im Glanz der Bühne.

Elfriede Ott

PHANTASIE IN Ö-DUR

Elfriede Ott, die bekannte und beliebte Schauspielerin, erfüllt mit diesem Buch einen seit langem gehegten Wunsch ihres Publikums. Das Buch enthält eine Fülle von persönlichen Erlebnissen und Episoden sowie ein großes Repertoire an Komödienliedern, Chansons, Couplets, Duetten, Parodien und Conférencen im genauen Wortlaut.

Jugend und Volk, Wien—München

J&V